SASKIA SCHMIDLIN

Martina Murphy • Die Band

OMNIBUS

DANKSAGUNG

Ich danke:
Meiner Familie, vor allem meiner Mutter, die das Buch wunderbar fand, ehe sie es überhaupt gelesen hatte.
Claire, die alle überflüssigen Worte ausradierte, und Aoife, die das Buch als Versuchskaninchen gelesen hat.
Allen meinen Freunden, insbesondere Betty für ihre großartige PR-Arbeit auf einer ganz bestimmten Hochzeit.
Frances Fox, einer hervorragenden Lehrerin, der ich meine Liebe zur Literatur verdanke.
Hayley, der dem Buch *Die Band* die erste Rezension bescherte.
Gabrielle Doyle, Bibliothekarin bei St. Luke's.
Und schließlich allen von Poolbeg – insbesondere Nicole Jussek – dafür, dass sie meinen Traum verwirklicht haben.

Martina Murphy

Martina Murphy

Die Band

Aus dem Englischen
von Christine Gallus

OMNIBUS XL

OMNIBUS XL

Junge Bücher mit Format
von Bertelsmann

Band 25012

Umwelthinweis:
Dieses Buch wurde auf chlorfrei gebleichtem Papier gedruckt.

Deutsche Erstausgabe August 1999
Gesetzt nach den Regeln der Rechtschreibreform
OMNIBUS ist der Taschenbuchverlag
für Kinder und Jugendliche von Bertelsmann

Die Originalausgabe erschien unter dem Titel
»Livewire« bei Poolbeg Press Ltd., Dublin
Übersetzung: Christine Gallus
Lektorat: Yvonne Hergane
Umschlagbild: Patrick Hespeler
Umschlagkonzeption: Klaus Renner
bm · Herstellung: Stefan Hansen
Satz: Uhl + Massopust, Aalen
Druck: Graphischer Großbetrieb Pößneck GmbH
ISBN 3-570-25012-1
Printed in Germany

10 9 8 7 6 5 4 3 2 1

Für Colm, meinen besten Freund,
und Conor, meinen Glücksbringer

1. Kapitel

»Was zum Teufel ist das?«

Vor seinen Augen baumelte ein dünnes weißes Blatt Papier.

»Ich höre?«, forderte sein Vater mit aufgerissenen Augen und hochrotem Gesicht. Tendenz steigend, dachte Joey.

»Das sind die Ergebnisse meiner Prüfung, Dad.«

»Verdammt, Joe!«, donnerte sein Vater, dass er zusammenzuckte. »Das weiß ich auch. Ich wollte nur wissen, ob das dein Ernst ist?« Mr. Boland starrte zuerst seinen Sohn und dann das verhängnisvolle Stück Papier an. »Hier steht, dass du überall durchgefallen bist. Das kann ja wohl nicht wahr sein.« Seine Stimme klang jetzt bedrohlich leise.

Joey biss sich auf die Lippe. Seine grünen Augen hielten dem Blick seines Vaters stand. »Doch, doch, das ist schon alles richtig so«, war alles, was er dazu sagte.

Angesichts des Tonfalls seines Sohnes ballte Mr. Boland unweigerlich die Fäuste. Er setzte sich auf einen Stuhl, damit er nicht am Ende etwas tat, was er später vielleicht bereute.

»Wie hast du es nur geschafft, in allen Fächern

durchzufallen?«, fragte er mit ungläubigem Entsetzen. »Was hast du bloß das ganze Jahr über getrieben? Kannst du mir das mal erklären?«

Joey hielt es für das Klügste, gar nichts zu sagen.

»In der Mittelstufe hattest du doch lauter gute Noten«, murmelte sein Vater und starrte erneut auf das Zeugnis, das Joey nach Hause gebracht hatte.

»Das liegt nur an dieser verfluchten Band!«, stieß Mr. Boland plötzlich hervor. Joey blinzelte. »Deine ganze Zeit geht dafür drauf.«

»Das stimmt überhaupt nicht«, schnaubte Joey. »Sie ...«

»Aber natürlich!«, schrie sein Vater weiter. »Du redest doch von nichts anderem mehr – wenn du überhaupt noch mit einem redest. Ständig hockst du in deinem Zimmer und spielst Gitarre ... Oh, ja, diese Band ist an allem schuld.« Er tippte mit dem Finger auf das Zeugnisblatt.

Joey schüttelte den Kopf. »Du hast doch überhaupt keinen Schimmer von der Band, Dad. Absolut null. Also urteile gefälligst nicht über etwas, wovon du keine Ahnung hast.«

»Ich kann wohl darüber urteilen, wenn das hier alles ist, was bei deinem schulischen Einsatz herauskommt.« Er riss das Zeugnisblatt zweimal in der Mitte durch. »Was hätte wohl deine Mutter dazu gesagt?«

Joey biss sich auf die Lippe und schwieg.

»Soll ich dir sagen, was sie gesagt hätte?«, brüllte Mr. Boland seinem Sohn ins Gesicht. »Gekreuzigt hätte sie dich.«

Vater und Sohn hielten plötzlich inne, als ein Schlüssel in der Eingangstür herumgedreht wurde und eine fröhliche Stimme rief: »Ich bin's nur.«

Chrystal Boland, Joeys zwei Jahre ältere Schwester, betrat die Küche. Sie setzte ein paar Einkaufstaschen auf dem Boden ab und stöhnte: »In der Stadt ist echt die Hölle los, aber dafür hab ich Supersachen mitgebracht.«

Als weder ihr Vater noch ihr Bruder reagierte, blickte sie die beiden misstrauisch an. »Sagt bloß, ihr habt euch schon wieder gestritten?«, seufzte sie.

»Hier.« Ihr Vater hob die Papierfetzen vom Boden auf und fügte sie wieder zusammen. »Sieh dir das hier mal an.«

Chrystal trat an den Tisch und überflog das zerrissene Blatt Papier. Entsetzt starrte sie dann zu ihrem Bruder hinüber. »Du bist in allen Fächern durchgefallen? Oh, Joey!«

»Oh, Joey, kann man wohl sagen«, brummte Mr. Boland und stand auf. »Ich gehe jetzt besser raus, bevor ich mich noch vergesse.«

Er stapfte aus dem Zimmer, ohne seinen Sohn noch einmal eines Blickes zu würdigen. Nachdem er das Zimmer verlassen hatte, herrschte betretenes Schweigen. Chrystal wandte sich zum Herd, um den Wasserkocher einzuschalten, während Joey die Papierschnipsel in den Mülleimer warf.

Plötzlich wirbelte Chrystal herum. »Sag mal, wie hast du das nur hingekriegt?«, fragte sie wütend. »Es ist fast unmöglich, überall durchzufallen!«

Joey hob die Schultern. Seine Mundwinkel zuckten belustigt. »Ich hab ja schon immer gesagt, dass ich das Unmögliche schaffen will.«

Seine Schwester ignorierte die Bemerkung. »Du bist vielleicht ein Idiot!«, rief sie. »Immer bist du auf Streit aus und jetzt auch noch das.«

Joey blickte sie mit hochgezogenen Augenbrauen an. »Hey, komm schon, Chris. Es ist doch nur die Vorprüfung und aufs College will ich sowieso nicht.«

Chrystal starrte ihn an, die Hände in die Hüften gestemmt. »Aha, und was hast du dann vor, wenn man fragen darf?«

»Ich will Musiker werden«, erwiderte Joey nüchtern, während Chrystal laut losprustete.

»Na klar, und damit wirst du dann steinreich, was?«, stieß sie sarkastisch hervor. »Träum weiter, Kleiner.«

Joey hasste es, wenn sie ihn so nannte. Das wusste seine Schwester ganz genau.

»Dad möchte aber unbedingt, dass du aufs College gehst. Ist ja auch kein Wunder, deine Topleistungen in der Mittelstufe haben eben große Erwartungen geweckt.«

Joey seufzte. Es war immer die gleiche alte Leier. »Dann träum *du* mal schön weiter, Schwesterherz«, sagte er und verschwand aus der Küche.

Oben in seinem Zimmer hörte er, wie seine Schwester das Abendessen machte. Auf drei vorwurfsvolle Mienen hatte er jetzt wirklich keine Lust. Er schnappte sich seine Jeansjacke und ging die Treppe hinunter.

»Für mich brauchst du kein Abendessen zu machen«, rief er Chris zu. »Ich geh noch weg.« Er schlug die Haustür hinter sich zu, ohne eine Antwort abzuwarten.

Es war kalt und begann zu nieseln, aber was konnte man auch anderes von einem Märzabend erwarten? Joey vergrub seine Hände in den Jackentaschen und überlegte, wohin er gehen sollte. Er könnte ein bisschen in Marley, dem Stadtpark, spazieren gehen, aber dazu war es zu kalt. Oder er holte sich bei Alonzi's eine Tüte Pommes. Das Problem war nur, dass er total pleite war. Schließlich beschloss er, zu Mick zu gehen. Wer weiß, vielleicht sprang dort ja sogar ein Abendessen für ihn raus.

»Mann, bin ich froh, dass du kommst!« Mick zerrte ihn beinahe zur Tür herein und wunderte sich kein bisschen darüber, dass sein Freund schon so früh am Abend bei ihm aufkreuzte.

Wenigstens einer, der sich freut, mich zu sehen, dachte Joey und lächelte trocken.

Mick ging vor ihm die Treppe hoch. »Es gibt Neuigkeiten, aber die werden dir ganz und gar nicht gefallen.«

Sie betraten Micks Zimmer, in dem jede Menge Musik- und Autoposter an den Wänden hingen.

Joey setzte sich an den Schreibtisch, an dem Mick eigentlich lernen sollte. Sein Freund ließ sich aufs Bett fallen.

»Na los, rück schon raus mit der Sprache. Was gibt's?«

»Karen hat angerufen. Die blöde Zicke steigt aus der Band aus.«

Joey sprang vom Stuhl auf. »Was?«

»Hat sie gesagt. Sie hat Trev nicht angerufen, weil sie wusste, dass er ausflippen würde, und so wurde mir die frohe Botschaft zuteil.«

»So ein Biest!«, zischte Joey. »Was machen wir denn jetzt ohne Leadsängerin? Mann, jetzt stecken wir echt in der Scheiße. Ich nehme an, du hast den Gig für Samstagabend abgesagt?«

»Ich musste alle Gigs absagen. Eine neue Sängerin müsste erst mal alle Lieder lernen. In so kurzer Zeit schafft das kein Mensch. Mit anderen Worten: Im Moment haben wir keine Auftritte.«

»Wann hat sie denn angerufen?« Joey war völlig geschockt.

»Gegen vier. Ich wollte dich noch anrufen, aber das hat sich ja jetzt erledigt.«

»Wissen Trev und Domo schon Bescheid?«

Mick nickte. »Ja, Trev ist total ausgerastet. Du weißt ja, wie er ist. Domo hat bloß gemeint, dann müssten wir uns wohl nach jemand anderem umsehen.«

»Typisch Domo«, murmelte Joey.

»Hey, Joe«, sagte Mick vorsichtig. »Ich wüsste da vielleicht jemanden. Ich hab Domo und Tev davon erzählt und die haben gesagt, wenn du einverstanden bist, könnten wir's ja mal mit ihr versuchen.«

»Eine Sie!«, rief Joey verzweifelt. »Ich hab die Nase gestrichen voll von Weibern.«

»Aber sie ist eine phantastische Sängerin«, beharrte

Mick. »Eigentlich hätten wir Karen schon längst rauswerfen und stattdessen sie fragen sollen.«

»Kenne ich sie?« Allmählich wurde Joey neugierig.

Mick nickte. »Hmm. Könnte man so sagen.«

»Wer ist es?«

Mick holte tief Luft und schickte ein stilles Stoßgebet gen Himmel. »Ann Corrigan«, versuchte er möglichst selbstsicher zu sagen. Was völlig daneben ging.

»Ann Corrigan?« Joey lachte. »Haha, sehr witzig. Komm schon, Mick, jetzt mal im Ernst.«

»Ich mein's vollkommen ernst, Joe«, sagte Mick mit fester Stimme.

»Aber Mick, wir können sie nicht nehmen!«, wandte Joey ungläubig ein.

»Warum nicht?«

»Du weißt ganz genau, warum. Es geht nicht!«

Mick musste über die Verzweiflung in der Stimme seines Freundes unweigerlich grinsen. »Aber warum denn nicht?«, wiederholte er. »Sie singt viel besser, als Karen es jemals getan hat. Sie kann alles singen, Joe. Ich hab sie gehört.«

»Ja, aber man kann nicht gerade behaupten, dass sie wie eine Sängerin aussieht. Karen sah wenigstens gut aus. Ann kann man nicht einmal im Entferntesten als hübsch bezeichnen.«

»Dafür ist sie die Beste«, sagte Mick. Er trat zu Joey an den Schreibtisch. »Überleg doch mal. Du kannst komponieren, was du willst, und sie wird es singen können. Karen hatte ein ziemlich begrenztes Notenspektrum, schon vergessen?«

Es würde Spaß machen, Songs für jemanden zu schreiben, der wirklich singen kann, dachte Joe. Aber musste es ausgerechnet Ann Corrigan sein? Das Problem war nicht etwa, dass er sie nicht mochte. Verdammt noch mal, er kannte sie doch kaum. Sie war in seinem Englisch- und Geschichtekurs, und soweit Joey das beurteilen konnte, war sie definitiv nicht normal. Dass Mick sich ausgerechnet Ann Corrigan als Sängerin in den Kopf gesetzt hatte! Andererseits war sie ihre letzte Hoffnung …

»Also?«, drängte Mick.

»Okay, von mir aus«, brummte Joey. »Aber wenn sie nichts taugt, fliegt sie sofort, ist das klar?«

»Sehr großzügig, wirklich«, witzelte Mick. »Genug der Begeisterung.«

Joey ignorierte Micks ironische Bemerkung. »Also, wann fragst du sie?«

Mick zögerte. »Also, weißt du, ich hab irgendwie gehofft, dass du das übernehmen könntest.«

»Ich?« Joey starrte seinen besten Freund an, als wäre der jetzt endgültig übergeschnappt. »Also, so wie du gerade geredet hast, dachte ich eigentlich, dass alles schon so gut wie geritzt ist. Wenn du glaubst, dass ich ein Mädchen, das ich kaum kenne, fragen werde, ob sie bei einer Band mitmachen will, von der sie vermutlich noch nie in ihrem Leben was gehört hat, dann hast du dich geschnitten. Vergiss es, Mick!«

»Ach, Joe …«

»Nein!« Joey blieb standhaft. »Vergiss es. Lass uns einfach eine Anzeige aufgeben und auf diesem Weg

Leute zum Vorsingen einladen. Dann sehen wir ja, wer sich meldet.«

»Das bringt doch auch nichts.« Mick war sauer. »Weißt du nicht mehr, wie nervig das war, als wir das letzte Mal inseriert haben? Es haben sich lauter Idioten gemeldet und die meisten wussten nicht einmal, wie Noten aussehen. Es war der reinste Horror.«

Joey erinnerte sich nur zu gut daran. Es war ein absoluter Albtraum gewesen. »Warum fragst *du* denn Ann nicht?«, fragte er.

»Weil ich sie kaum kenne«, sagte Mick und fuhr dann fort, ehe Joey etwas einwerfen konnte: »Außerdem dachte ich mir, dass sie bei dir wahrscheinlich eher Ja sagt als bei mir.«

»Wie kommst du denn auf den Schwachsinn?«, fragte Joey. »Ich kenne sie schließlich genauso wenig wie du.«

Mick machte ein betretenes Gesicht. »Aber du siehst von uns allen am besten aus. Jeder Quatsch aus deinem Mund kommt bestimmt besser an als irgendetwas halbwegs Vernünftiges aus meinem.«

Joey lachte. »Hör bloß auf mit dem Gesülze. Sie müsste vollkommen bescheuert sein, wenn sie auf diesen Müll reinfallen würde. Sei froh, dass hier keine Emanzen in der Nähe sind. Die würden dich jetzt glatt lynchen.«

»Mensch. Joe!« Allmählich verlor Mick die Geduld. »Du weißt genau, was ich meine. Man kann sagen, was man will. Der erste Eindruck ist verdammt wichtig, und selbst wenn wir genau das Gleiche sagen würden, würde es bei dir besser klingen als bei mir. Fragst du sie jetzt oder nicht?«

»Okay, dann frag ich sie eben«, gab Joey sich geschlagen und fügte grinsend hinzu: »Aber *so* abstoßend bist du nun auch wieder nicht, Micko!

Sein Freund ignorierte den Seitenhieb. »Also, wann fragst du sie?«

»Du bist vielleicht 'ne Nervensäge«, stöhnte Joey. Er dachte kurz nach. »Ich frag sie morgen nach dem Französischkurs. Mein Vater hat mich dafür angemeldet und sie geht da auch hin.«

»Wo wir gerade von deinem Vater reden. Was hat er denn zu deinem Zeugnis gesagt?« Jetzt, da er erreicht hatte, was er wollte, hatte Mick nichts dagegen, das Thema zu wechseln.

Joey verdrehte die Augen. »Na ja, er ist ziemlich ausgerastet. War wohl ein ziemlicher Schock für ihn.«

»Das wundert mich nicht. Selbst ich war total fix und fertig. Ich weiß, du lernst nie was, aber normalerweise kommst du trotzdem ganz gut durch. Bis jetzt hast du noch nie viel machen müssen.«

»So, wie's aussieht, muss ich das mit diesen Noten jetzt auch nicht mehr«, erwiderte Joey grinsend.

Die beiden lachten immer noch, als Micks Mutter den Kopf zur Tür hereinstreckte. »Abendessen ist fertig«, verkündete sie und erklärte mit einem Blick auf Joey: »Wenn du willst, kannst du mit uns essen.«

»Genial.« Joey rieb sich die Hände und wandte sich an Mick: »Hab ich dir eigentlich schon mal gesagt, was für eine großartige Sklavin diese Frau ist?«

Mrs. McPhearson stieß ihm lachend den Ellbogen zwischen die Rippen. »Von wegen! *Ihr* werdet gleich *meine* Sklaven sein – beim Abspülen nach dem Essen. Was glaubst du wohl, warum ich dich gefragt habe, ob du bleiben willst?«

Nach dem Abendessen fragte Mick seinen Freund, ob er ihm noch was in Mathe erklären könne. »Du bist zwar überall durchgefallen, aber im Erklären bist du echt stark.«

Joey seufzte leise. Mathe war so ziemlich das Letzte, wonach ihm an einem Freitagabend der Sinn stand. Trotzdem schnappte er sich Micks Mathebuch und versuchte schon bald seinem Freund die Feinheiten des Differentialrechnens näher zu bringen.

Als er gegen elf Uhr aufbrach, meinte Mick: »Wenn Ann bei uns mitmachen will, dann sag ihr, dass wir uns morgen Abend im *Coach House* treffen. Dann kann sie auch Domo und Trev kennen lernen und wir können Termine für Proben und so ausmachen.«

»Mach ich«, versprach Joey, auch wenn er sich nicht so sicher war, dass Trev und Domo Micks Begeisterung teilen würden, wenn sie Ann erst einmal zu Gesicht bekamen.

Chrystal und Dee, Joes älteste Schwester, waren noch auf, als er nach Hause kam. Sie saßen in der Küche und tranken Tee.

»Sieht so aus, als müsste ich dir gratulieren«, erklärte Dee sarkastisch.

Joey nickte. »Hmm. Chris hat gemeint, ich hätte das Unmögliche geschafft.«

Er ignorierte Dees »Wann wirst du endlich erwachsen?«, und goss sich eine Tasse Tee ein. »Wo ist Dad?«, fragte er. »Schon im Bett?«

Chrystal schüttelte den Kopf. »Nein, er ist ausgegangen. Wahrscheinlich, um seinen Kummer zu ertränken.«

Joey hatte dafür nur ein schiefes Grinsen übrig und wandte sich zur Tür.

»Ach, übrigens«, rief Dee ihm nach, »dieses Mädchen hat schon wieder für dich angerufen, Laura oder wie sie heißt. Wie wär's, wenn du sie endlich mal zurückrufen würdest? Sie geht uns nämlich ziemlich auf die Nerven.«

»Und mir erst«, knurrte Joey über die Schulter zurück. Die hat mir an diesem bescheuerten Tag gerade noch gefehlt, dachte er.

2. Kapitel

»Aufstehen, Joey. Du musst zum Französischkurs.«

Chrystal war besser als jeder Wecker. »Ja, ja«, murmelte Joey verschlafen.

Als er mühsam die Augen öffnete, fiel ihm auch plötzlich wieder ein, dass er heute Morgen noch einen anderen Grund hatte, zum Französischkurs zu gehen. Er musste Ann fragen, ob sie bei der Band mitmachen wollte. »Na großartig«, brummte er missmutig, während er in seine Kleider schlüpfte.

Um halb neun war er unten in der Küche. »Wie

wär's, wenn du mal einen schnelleren Gang einlegen würdest?«, bemerkte Chrystal. »Du kommst sonst noch zu spät!«

»Das ist bis jetzt noch nie vorgekommen«, erklärte Joey und das war noch nicht einmal gelogen. Schließlich war er bisher noch kein einziges Mal in dem Kurs gewesen. Die letzten fünf Samstage hatte er das Haus um Viertel vor neun verlassen und war bis zehn Uhr ziellos durch die Gegend gestreift. Später hatte er auf die Fragen, die ihm sein Vater jedes Mal stellte, einfach ein paar Antworten erfunden. »Also, dein Französisch ist wirklich schon viel besser«, hatte sein Vater mal zu ihm gesagt und Joey hatte sich mit Müh und Not das Lachen verbissen.

Um Viertel vor neun verließ er das Haus mit den Französischbüchern unter dem Arm und verfluchte Mick dafür, dass er an diesem Morgen zu diesem verdammten Kurs gehen musste. Er war so sehr in Gedanken versunken, dass er nicht einmal die bewundernden Blicke der Mädchen bemerkte.

Ein Meter achtzig groß, mit strohblondem Haar, war er in der Tat »ein Prachtexemplar«, wie ihn die Hälfte seiner Mitschülerinnen nannte.

Er kam gerade noch rechtzeitig zum Unterrichtsbeginn. Der Kurs war genauso langweilig, wie er befürchtet hatte, und er hatte Mühe, seine Augen offen zu halten. Hätte ihm nicht ein Mädchen, das neben ihm saß, amüsiert einen Stoß in die Rippen versetzt, wäre er glatt eingeschlafen. Als die Stunde endlich zu Ende war, seufzte er erleichtert auf.

Vor dem Schulgebäude blickte er sich suchend nach Ann um. Er sah gerade noch, wie sie mit einer Freundin um die Ecke bog. Er rannte ihnen hinterher und tippte Ann auf die Schulter. »Hallo, Ann. Kann ich dich mal kurz was fragen?«

Als sie sich umdrehte, wäre Joey beinahe gestorben vor Schreck. Dieses Mädchen sah aus wie eine lebende Werbetafel für Farbwaschmittel. Ihre Jeans und ihre Stiefel waren lila. Dazu trug sie ein knallrosa Sweatshirt und leuchtend rosa Lippenstift. Ihre Haare standen in alle Richtungen ab.

Ann riss erstaunt die Augen auf, als sie sah, wer sie da ansprach. »Worum geht's denn?«, fragte sie mit hochgezogenen Augenbrauen.

Ihre Freundin platzte fast vor Neugier und Joey trat verlegen von einem Fuß auf den anderen. Schließlich kannte er Ann kaum. »Ähm, kann ich dich mal kurz alleine sprechen?« Er warf einen viel sagenden Blick auf Anns Freundin, die leicht eingeschnappt erklärte: »Ich wollte sowieso gerade gehen.« Mit hoch erhobenem Kopf stolzierte sie davon.

Ann schien nicht besonders davon angetan, dass er ihre Freundin vertrieben hatte, da war sich Joey ziemlich sicher. Wieder verfluchte er seinen Freund Mick.

»Also, was willst du?«, fragte sie nicht allzu freundlich und blickte auf die Uhr, die übrigens hellgelb war.

Bei der würden nicht einmal zehn Tonnen Charme was nutzen, dachte Joey missmutig. Trotzdem setzte er sein nettestes Lächeln auf. »Also, die Sache ist die. Ähm, ich weiß nicht, ob du vielleicht mitgekriegt hast, dass ich in einer Band spiele. Also, nicht nur ich, sondern auch Mick McPhearson, du weißt schon, aus der Schule. Und dann noch zwei andere Typen.«

»Ja, *Livewire* oder so, nicht?«

Joey nickte. »*Livewire* heißt die Band, genau.«

Während er nach den richtigen Worten suchte, musterte sie ihn schweigend. Das hier war schwieriger, als er gedacht hatte. Bis jetzt hatte sie noch nicht einmal zurückgelächelt.

»Aha.« Ann starrte ihn erwartungsvoll an. »Ja, und?«

Da bemerkte Joey zum ersten Mal ihre klaren, offenen blauen Augen. Sie machte ihn wirklich nervös und das schien sie auch noch zu wissen und zu genießen.

»Also, es ist so«, begann er und wäre am liebsten im Erdboden versunken. »Unsere Leadsängerin hat die Fliege gemacht und Mick denkt, dass ... also wir alle denken, dass du ... also dass du vielleicht bei uns einsteigen könntest.« Jetzt, wo es raus war, konnte er sich endlich entspannen.

Ann kniff die Augen zusammen. »Sag mal, willst du mich auf den Arm nehmen, Joe Boland? Wenn ja, dann ...«

Joey schüttelte den Kopf. »Nein, ehrlich, Ann. Warum sollte ich das tun? Wir brauchen wirklich eine neue Leadsängerin und wir glauben einfach, dass du die Beste bist.«

Ann grinste. »Aber warum gerade ich?«, fragte sie unschuldig.

Joey hatte das Gefühl, den Boden unter den Füßen zu verlieren. Diese Offenheit machte ihn einfach fertig. »Ganz einfach, weil wir denken, dass wir dann keine Bühnenbeleuchtung mehr brauchen, wenn du auf der Bühne auch so angezogen bist.« Er deutete auf ihr Outfit.

Ann musste lachen. »Ein Glück, dass ich nicht so schnell beleidigt bin«, erwiderte sie grinsend. Dann kreuzte sie die Arme über der Brust und musterte ihn abschätzend. »Okay, ich kann's ja mal versuchen. Aber ich rate euch eins: Strengt euch bloß an, denn mit einer zweitklassigen Band werde ich auf keinen Fall auftreten.«

Joey konnte es kaum glauben, dass sie tatsächlich zugestimmt hatte. Jetzt würde Mick erst recht denken, dass er sie mit seinem Charme um den Finger gewickelt hatte. Ihm fiel ein Stein vom Herzen. »Keine Angst, wir sind wirklich gut«, sagte er. »Das wirst du bestimmt nicht bereuen, Ann.«

Ann lächelte ihn an. Diesmal war es ein echtes Lächeln. Sie sieht gleich doppelt so gut aus, wenn sie lächelt, dachte Joey. »Wir treffen uns heute Abend um acht im *Coach House*, falls du Zeit hast. Dann kannst du die anderen kennen lernen und wir können alles Weitere besprechen. Einverstanden?«

»In Ordnung. Ich komme«, versprach sie.

Zuerst konnte er im *Coach House* niemanden entdecken. Trev sah ihn als Erstes. »Joe, hier sind wir.«

Joey ging zu ihnen, nachdem er bei Cathy, der Bedienung, ein Bier bestellt hatte. Mick war total verrückt nach ihr, traute sich aber einfach nicht, sie mal anzusprechen. Bestimmt wird es ihn ein bisschen auf Touren bringen, wenn sie zu uns an den Tisch kommt, dachte Joe.

Er war heute Abend ziemlich knapp bei Kasse. Er hatte sich von Chris einen Fünfer geborgt und das musste für den ganzen Abend reichen.

»Hallo, wie geht's?«, fragte er in die Runde und setzte sich.

»Kommt Ann auch?«, fragte Mick erwartungsvoll.

»Natürlich«, erwiderte Joey selbstsicher.

»Und sie hatte nichts dagegen?«

Joey schüttelte den Kopf. »Dem Bolandcharme kann eben keine widerstehen.«

Die anderen drei stöhnten laut auf. In diesem Moment entdeckte Joey Ann und versuchte eilig seine Freunde wieder zum Schweigen zu bringen. Er wollte auf keinen Fall, dass sie fragte, worüber sie lachten. Irgendwie hatte er es im Gefühl, dass sie seine Bemerkung überhaupt nicht komisch finden würde.

Ann trat zu ihnen an den Tisch und lächelte Joey an, der auf den Stuhl neben sich klopfte: »Setz dich erst mal. Ich stell dich dann allen vor.«

Nachdem sie Platz genommen hatte, sagte Joey: »Also, Mick kennst du ja.«

Ann nickte und Mick grinste sie an. »Du hast doch nichts dagegen, dass wir dich gefragt haben, oder?«

Sie schüttelte lächelnd den Kopf. »Nein, eigentlich fühle ich mich eher geschmeichelt.«

»Der Typ mit dem hässlichen Gesicht und den fettigen blonden Haaren ist Domo«, fuhr Joey fort.

Domo streckte ihr lächelnd die Hand hin. »Hallo«, versuchte er so natürlich wie möglich zu sagen, ohne auf die wilde Farbzusammenstellung ihrer Klamotten zu starren.

»Und das ist Trev, unser Boss«, schloss Joey und zeigte auf einen großen, dunkelhaarigen attraktiven Typen von ungefähr zweiundzwanzig Jahren.

»Wenn du und Mick mal pünktlich zu den Proben kommen würdet, dann müsste ich nicht den Boss raushängen lassen«, erklärte Trev, während er ebenfalls nach Anns Hand griff und sie kräftig drückte. Als die Vorstellungsrunde beendet war, konnten sie endlich zur Sache kommen. »Hast du den Song dabei, den du geschrieben hast?«, fragte Trev.

»Ja, Moment, ich muss ihn irgendwo haben.« Joey stand auf und durchwühlte die Hosentaschen seiner Jeans.

»Siehst du, genau deshalb mag ich ihn so sehr«, flüsterte Trev Ann zu. »Weil er so gut organisiert ist.«

Ann unterdrückte ein Kichern, während sie verfolgte, wie Joey sämtliche Hosentaschen durchsuchte und dann sein Jeanshemd abtastete.

»Da ist es ja«, verkündete er schließlich triumphierend, zog ein zerknittertes Stück Papier aus seiner hinteren Jeanstasche und strich es auf dem Tisch glatt. »Hier.« Er schob es zu Trev hinüber. »Die dazugehörige Musik habe ich auf einem anderen Blatt.« Er zog noch mehr zerknittertes Papier hervor.

Trev blickte seufzend auf die Blätter. »Ich kann deine Klaue immer noch nicht lesen.«

Also gingen sie das Ganze gemeinsam durch, wobei Joey das eine oder andere Wort für den Bandleader entzifferte.

»Der Song ist gut«, sagte Trev schließlich und grinste Joey an. Er gab ihn an die anderen weiter und meinte zu Ann: »Weißt du, Joe schreibt alle unsere Lieder. Er ist wirklich gut – vorausgesetzt, man kann seine Klaue entziffern!«

Ann lachte und nahm Trev das Papier aus der Hand. Die vier Jungs blickten sie erwartungsvoll an, während sie es aufmerksam durchlas. Sie blickte auf und ihre Augen glänzten. »Es ist wirklich gut. Die Musik gefällt mir.« Sie drehte sich zu Joey herum und fragte überrascht: »Hast du das wirklich selbst geschrieben?«

Joey grinste. »Ja, warum? Findest du das so verwunderlich?«

Mit Genugtuung bemerkte er einen Anflug von Röte, die ihr ins Gesicht stieg. Irgendwie entschädigte ihn das dafür, wie sie ihn heute Morgen behandelt hatte. Ihre Antwort verunsicherte ihn allerdings etwas.

»Offen gestanden, schon. Ich bin ganz schön überrascht, Joe. Ich hätte nie gedacht, dass du so gute Songs schreiben kannst.« Das sagte sie mit so viel charmanter Ehrlichkeit, dass Joey es ihr nicht einmal übel nehmen konnte.

Die anderen lachten, als Joey erwiderte: »Ich hab noch ein paar andere Talente, die Sie vielleicht noch viel mehr überraschen werden, Miss Corrigan.«

Diesmal wurde sie richtig rot. »Vielen Dank, ich glaube nicht, dass ich das unbedingt so genau wissen will.«

»Oh, Mist!«, rief Joey plötzlich.

»Was ist denn?«

»Laura Peters, verdammt!«, flüsterte Joe verzweifelt. »Oh, nein, sie hat mich gesehen.« Sein Versuch, sich hinter Mick zu ducken, war kläglich gescheitert. Laura steuerte zielstrebig auf sie zu.

Die vier Jungs stöhnten einstimmig auf. Obwohl Trev und Domo Laura noch nie begegnet waren, hatten sie von Joey bereits genug über sie erfahren. Am Anfang hatte er seinen Freunden noch großspurig von diesem Mädchen erzählt, das ihn ständig anrief. Aber als aus den Tagen Wochen und aus den Wochen Monate wurden und sie immer wieder anrief, war Joey allmählich die Geduld ausgegangen. Er hatte immer mehr über Laura hergezogen und Domo und Trev waren schließlich zu der Überzeugung gelangt, dass sie entweder an Geschmacksverirrung leiden oder schlichtweg ein hoffnungsloser Fall sein musste. Jetzt konnten sie sie endlich leibhaftig kennen lernen.

Überrascht blickten sie Laura an, die ganz und gar nicht aussah wie ein Mädchen, das keinen Typen abbekam. Sie trug teure Kleider, hatte eine phantastische Figur und ein bildhübsches Gesicht. Erst als sie den Mund aufmachte, dämmerte den Freunden, was Joey gemeint hatte. Sie hatte eine schrille Piepsstimme, die einem ziemlich schnell auf den Geist ging.

Joey war schon völlig entnervt, ehe sie auch nur ein einziges Wort gesprochen hatte.

»Hallo, Joe«, quakte sie.

»Hi«, antwortete Joey tonlos.

»Wie geht's?«

»Gut.« Er schluckte und versuchte gelangweilt zu klingen.

»Wie sind denn deine Prüfungen gelaufen?« Sie blickte sich suchend nach einem freien Stuhl um. Joey spürte, wie Panik in ihm aufstieg. Aus den Augenwinkeln sah er, wie sich Mick mühsam das Lachen verkniff.

»Na los, sag schon?«, sagte Laura. »Wie ist es gelaufen?«

»Häh?«

»Deine Prüfung, du Dummi.« Sie kicherte.

»Bin überall durchgerasselt.« Joey blickte ihr fest in die Augen.

Sie kicherte weiter nervös. Mick konnte sich kaum noch beherrschen und begann zu husten. Laura blickte ihn misstrauisch an, aber dann hellte sich ihr Gesicht wieder auf und sie sagte lächelnd: »Komm schon, ich weiß genau, dass du nur Spaß machst.« Sie stieß ihn in die Rippen. »Also, wie hast du wirklich abgeschnitten?«

Domo prustete laut los und versuchte es als Husten zu tarnen.

Joey warf ihm einen finsteren Blick zu. »Das hab ich dir doch gerade gesagt!«, erwiderte er unbeirrt. »Ich bin überall durchgefallen. Ist das etwa ein Problem für dich? Ich kann ja auch nichts dafür, dass ich so blöd bin.« Wieder starrte er sie unverwandt an.

Laura wurde puterrot und wandte sich Hilfe suchend an Mick. »Mal ehrlich, wie hat er abgeschnitten?«

»So wie er's gesagt hat«, antwortete Mick nur.

Laura versuchte es mit einem tapferen Lächeln. »Na ja, die richtige Abschlussprüfung läuft bestimmt besser.«

»Das glaube ich kaum«, sagte Joey. Dann wandte er sich Mick zu und begann sich mit ihm zu unterhalten. Diesen Wink mit dem Zaunpfahl musste das Mädchen ja wohl kapieren und endlich Leine ziehen!

Laura tänzelte unschlüssig von einem Fuß auf den anderen. Sie ließ den Blick über die Tischrunde schweifen und riss überrascht die Augen auf, als sie Ann entdeckte. »Ich wusste ja gar nicht, dass du mit *ihr* rumhängst!«, schnaubte sie verächtlich und starrte Joey an. Dann warf sie den Kopf in den Nacken und zischte ab.

Trev pfiff leise durch die Zähne. »Wow, das ist ja eine echte Zuckerpuppe, Joe! Warum angelst du sie dir denn nicht?«

»Weil sie mir tierisch auf den Wecker geht«, erklärte Joe und nahm einen Schluck von seinem Bier.

»Ja, und außerdem ist sie die große Liebe von Jim Kendell«, fuhr Mick fort. »Mit dem willst du dich bestimmt nicht anlegen, oder, Joe?«

Joey lachte. »Dieser Typ ist ein Arschloch. Um den würde ich mich überhaupt nicht kümmern. Ich hätte viel mehr Angst vor Laura als vor ihm.«

Die anderen lachten, selbst Ann, die von Laura persönlich angegriffen worden war. Sie kannte Laura aus der Schule und hatte nie gedacht, dass sie so dumm sein würde. Unvorstellbar, einen Typen merken zu lassen, dass man verrückt nach ihm war. Ann konnte das überhaupt nicht verstehen.

Um zehn Uhr erklärte sie, dass sie jetzt gehen müsse. Sie verabredeten sich für den nächsten Tag in der Aula, dann verabschiedete sie sich von allen und ging.

»Also, was haltet ihr von ihr?«, fragte Mick neugierig.

Trev und Domo blickten sich an und Trev sagte schließlich: »Na ja, ein bisschen merkwürdig sieht sie schon aus. Bist du auch sicher, dass sie singen kann?«

Mick starrte sie verzweifelt an. »Natürlich. Ich weiß, dass sie nicht besonders gut aussieht, aber ich sage euch, wenn ihr sie erst einmal gehört habt, ist euch das völlig egal!«

»Na gut, wenn du meinst«, sagte Trev skeptisch.

»Ich glaube, wir haben irgendwie auf jemanden gehofft, der eher so wie Karen ist«, warf Domo ein.

»Haha.« Joey lachte. »Bitte nicht! Alles, bloß nicht Karen. Man kann nicht gerade behaupten, dass wir ein gutes Arbeitsverhältnis hatten.«

»Das ist die Untertreibung des Jahres«, erklärte Mick. »Mit Ann werden wir besser zurechtkommen. Das könnt ihr mir glauben.«

Joey dachte an das Zusammentreffen am Morgen und murmelte leise: »Da wäre ich mir nicht so sicher.«

3. Kapitel

Am Sonntag musste sich Joey aus dem Haus schleichen, um zur Probe zu gehen. Es war Viertel vor drei. Mick erwartete ihn schon ungeduldig an seinem Gartentor. »Mein Gott, Joe. Kannst du nicht mal pünktlich sein? Trev wird mal wieder ausflippen.«

»Ich musste warten, bis mein Vater gegangen war, bevor ich wegkonnte«, antwortete Joey. »In den letzten Tagen hat er's wirklich auf mich abgesehen. Jetzt hat er auch noch gemerkt, dass ich überhaupt nicht zu diesem Französischkurs gegangen bin. Der war heute Morgen vielleicht sauer!«

»Echt?«, fragte Mick neugierig.

»Hmm.« Joey machte ein betretenes Gesicht. »Ausgerechnet mein Französischlehrer muss ihm beim Squashspielen über den Weg laufen!«

Mick lachte. »Und?«, fragte er.

Joey breitete die Arme aus. »Er sagt: ›Ah, Mr. Duprès, sagen Sie, wie kommt Joe in Französisch voran?‹«

Mick brach in schallendes Gelächter aus. Joey war ein phantastischer Schauspieler.

»Mr. D. blickt ihn verwundert an. Und dann erzählt er meinem Vater brühwarm, dass er mich bisher überhaupt nur einmal zu Gesicht bekommen hat und dass ich da auch noch Mühe hatte, die Augen offen zu halten. Und dann kommt mein Alter wutschnaubend nach Hause.« Joey grinste Mick an, der sich offenbar köstlich amüsierte. »Das war wirklich überhaupt nicht komisch, Mick. Ganz im Gegenteil.«

Mick begann schneller zu laufen. »Ein Wunder, dass er dich überhaupt weggelassen hat.«

»Hat er ja gar nicht«, erklärte Joey zerknirscht. »Er hat mir befohlen, den ganzen Tag zu Hause zu bleiben und zu lernen. Aber dann ist er heute Nachmittag weggegangen, wahrscheinlich zu Onkel Dick, und hat zu Chris gesagt, dass er erst später wieder zurückkommt. Und Chris ist mit ihrem neuesten Macker weg und Dee mit Tom und jetzt bin ich hier.« Er grinste.

»Na, hoffentlich erwischt er dich nicht«, meinte Mick.

»Lass das mal meine Sorge sein«, erwiderte Joey ungerührt.

Im Laufschritt hasteten sie zum Schulgebäude, in dem sie probten. Der Direktor hatte ihnen erlaubt, ihre Anlage im Lesesaal unterzustellen.

Sie erreichten die Schule auf die Minute genau. Von Trev keine Spur. Domo und Ann, die ein bisschen nervös aussah, warteten bereits auf sie. Mick fragte verwundert, wo Trev steckte.

»Keine Ahnung«, erwiderte Domo grinsend. »Jedenfalls wird er sich nie verzeihen können, mal selber zu spät gekommen zu sein.«

Als Trev schließlich zu ihnen stieß, wedelte er aufgeregt mit einer Ausgabe von *Hot Press* und fragte in die Runde, ob jemand die Musikzeitschrift schon gelesen habe. Alle schüttelten den Kopf.

»Dann seht euch das hier mal an!« Er blätterte hektisch herum und hielt dann Joey das Heft unter die Nase. »Hier!«

Ein Grinsen breitete sich auf Joeys Gesicht aus, als er den Artikel las, den Trev ihm gezeigt hatte. Da stand: »Wollt ihr mit eurer Band berühmt werden? Wenn ja, dann ist das genau der richtige Wettbewerb für euch!!! Schickt uns einfach ein Demotape zusammen mit den Liedtexten und ihr bekommt vielleicht die Chance eures Lebens!!!« Joey überflog den Rest des Artikels und blickte dann mit glänzenden Augen auf. »Meinst du, dass wir daran teilnehmen sollten?«

»Logo.« Trev war total aufgedreht. »Der Gewinner kriegt drei Riesen und einen Plattenvertrag. Wir wären völlig bescheuert, wenn wir nicht mitmachen würden!«

Alle schwiegen und beobachteten Ann, die gerade den Artikel durchlas.

Joey grinste schief. »Ich glaube, wir haben noch ein kleines Problem: Uns fehlt noch eine Leadsängerin.«

Ann legte die Zeitschrift auf den Tisch und erklärte achselzuckend: »Ich bin doch zum Vorsingen hier. Wer weiß, vielleicht habt ihr ja in zehn Minuten schon eine.«

Trev lachte und verteilte die Kopien von Joeys Song, den seine jüngere Schwester in ihrer sauberen Handschrift abgeschrieben hatte. »Weißt du was, Joe? Janice meinte, dass deine Klaue immer schlimmer wird.«

Joey zuckte mit den Achseln und erwiderte mit todernster Miene: »Habt ihr noch nie was davon gehört, dass die echten Genies alle schreckliche Handschriften haben?«

»Nö«, meinte Mick. Er blickte die anderen fragend an und die schüttelten ebenfalls den Kopf. »Sieht schlecht aus, Joe. Das nimmt dir keiner ab.«

»Hör mal, Joe.« Trev kam wieder zur Sache. »Am besten spielst du Ann mal kurz den Anfang vor, die ersten paar Takte oder so.«

»In Ordnung.« Joey nahm seine E-Gitarre aus dem Koffer und schloss sie an die Lautsprecher an. Er strich mit den Fingern zärtlich über die Saiten und eine Reihe von tiefen, vibrierenden Tönen erklang. Dann blickte er zu Ann hinüber. »Bist du so weit?«

Ann nickte. Ihr Herz raste. Oh, Gott, betete sie. Lass mich das hier jetzt bloß nicht vermasseln.

Joey spielte das Intro des Liedes und nickte ihr dann aufmunternd zu. Als sie zu singen begann, hätte er vor Schreck beinahe zu spielen aufgehört. Wow! Mick hatte Recht. Die hatte vielleicht eine Stimme! Was er alles für sie würde schreiben können! Sie war einfach umwerfend!

»Nicht schlecht«, sagte er gnädig, als das Lied zu Ende war. »Ganz okay für den ersten Versuch.«

Ann lächelte spöttisch. Joey wurde das Gefühl nicht los, dass sie ihn nicht besonders mochte. »Vielen Dank«, antwortete sie. Er hatte keine Ahnung, ob das nun ironisch gemeint war oder nicht.

»Also, ich finde, du warst genial«, sagte Mick begeistert und blickte Trev und Domo an.

Sie nickten zustimmend

»Also, Ann«, sagte Trev. »Was meinst du? Hast du Lust bei uns mitzumachen oder willst du es dir noch mal überlegen?«

Ann grinste. »Nein, da gibt es nichts mehr zu überlegen. Der Song gefällt mir, und wenn die anderen genauso gut sind, dann bin ich gerne mit von der Partie.«

Joey blickte zu Mick hinüber. Der strahlte von einem Ohr zum anderen. Insgeheim schämte sich Joey für das, was er über Ann gesagt hatte. Dieses Mädchen war eine phantastische Sängerin. Mick hatte Recht gehabt.

Trev war jetzt ganz in seinem Element. Ann war um Längen besser als Karen. Was machte es da schon, dass sie ein bisschen ungewöhnlich aussah? Und überhaupt? Sollten Sänger nicht sowieso irgendwie ungewöhnlich aussehen? Fest stand, sobald sie mit Singen anfing, würde sowieso keiner mehr auf ihr Äußeres achten. Trev blickte Ann fragend an. »Heißt das, dass du dann auch an diesem Wettbewerb interessiert bist?«

»Klar«, erklärte Ann. »Der Preis ist echt klasse. Ich finde, es ist auf jeden Fall einen Versuch wert, schon allein der Erfahrung wegen.«

Die vier Jungs grinsten sie verzückt an.

Trev biss sich auf die Lippe und wandte sich dann wieder geschäftlichen Dingen zu. »Joe, wir brauchen noch mindestens zwei weitere Songs für das Demoband. Es muss bis Ende des Monats fertig sein. Meinst du, du schaffst das?«

Joe blickte Trev an, als wäre er komplett übergeschnappt. »Woher soll ich das wissen? Ich kann ein Lied nur dann schreiben, wenn mir eine Melodie oder eine Zeile oder so was in den Sinn kommt, und wenn nicht, dann kann ich es auch nicht erzwingen.«

»Wir brauchen aber noch zwei Songs, Joe«, beharrte Trev.

»Ich kann nichts versprechen«, erwiderte Joey leicht verärgert. Trev ging ihm furchtbar auf die Nerven, wenn er mit diesem Mist anfing. Er kapierte einfach nicht, dass er unmöglich etwas schreiben konnte, wenn sein Kopf leer war.

»Tja, dann müssen wir eben die alten Lieder nehmen, die Karen immer gesungen hat«, brummte Trev.

»Die Songs sind doch völlig in Ordnung.«

»Ich weiß. Bis auf die Tatsache, dass Karens Singvermögen so begrenzt war, dass ... Jedenfalls kannst du für Ann bessere Sachen schreiben.«

Joey seufzte. »Ich werde mein Bestes tun.«

»Okay«, lenkte Trev ein. Joey würde ihn noch mal zum Wahnsinn treiben. Immer veranstaltete er so ein Trara um ein paar Songs. Andererseits waren die Lieder immer verdammt gut und er selbst würde sie nicht einmal zu Stande bringen, wenn er sich ein Jahr lang zum Komponieren hinsetzen würde.

»Willst du eher langsame oder eher schnelle Lieder auf diesem Demotape haben?«, riss ihn Joey aus seinen Gedanken.

»Was auch immer dir einfällt, schreib es einfach!« Trev grinste ihn an und Joey lachte.

»Dann können wir ja gleich mal mit der Probe von

dem Song hier anfangen.« Trev deutete auf das Blatt Papier. »Okay, Jungs«, erklärte er. »Mal sehen, was ihr draufhabt. Domo, du fängst an.«

Domo setzte mit dem einleitenden Schlagzeugrhythmus ein. Mick war am Synthesizer, Joey an der Leadgitarre und Trev am Bass. Es dauerte eine Weile, bis die Instrumente richtig aufeinander abgestimmt waren, aber schließlich hatten sich Trev und Joey auf die richtige Version geeinigt. Für ein ungeschultes Ohr klang der erste Versuch schon fast perfekt, aber Joey und Trev waren überkritisch. »Halt, aufhören!«, rief Trev mitten im Lied. »Wir sind zu langsam. Ann, du musst das Tempo steigern und du, Domo, pass auf, dass du nicht am Schlagzeug einschläfst.« Domo verzog hinter seinem Rücken das Gesicht, spielte aber beim zweiten Mal trotzdem besser.

Zweieinhalb Stunden später waren schließlich auch Joe und Trev mit dem Ergebnis zufrieden. Zum Schluss klopften sie sich gegenseitig auf die Schulter und verabredeten sich für den kommenden Mittwoch um acht Uhr zur nächsten Probe.

»Hier steht zum Glück nichts davon, dass wir das Demoband in einem Tonstudio aufnehmen müssen. Das können wir uns nämlich nicht leisten«, erklärte Trev. »Wir müssen einfach versuchen hier das Beste daraus zu machen. Danach spielen wir live vor einer Jury, und wenn wir ins Finale kommen, sind wir im Fernsehen.«

Während sie ihre Sachen zusammenpackten, unterhielten sie sich angeregt über den Wettbewerb.

Joey, Mick und Ann hatten den gleichen Nachhauseweg. Mick musste allerdings noch für seine Mutter einkaufen gehen und so verabschiedete er sich von den anderen und verschwand in Richtung Stadt. Joey verstaute seine Gitarre und sah zu Ann hinüber. »Kommst du?«, fragte er.

Sie sprang von dem Pult herunter, auf dem sie gesessen hatte, und kam zu ihm an die Tür. Joey schloss ab, warf die Schlüssel in den Briefkasten des Hausmeisters, der direkt neben der Schule wohnte, und dann machten sie sich auf den Heimweg.

Ann blickte Joey von der Seite an. Sie musste zugeben, so übel fand sie ihn jetzt gar nicht mehr. Bisher war das allerdings anders gewesen. In der Schule war er ihr ziemlich auf den Geist gegangen. Er war furchtbar beliebt und das nicht nur, weil er so gut aussah. Es musste an seiner Ausstrahlung liegen. Ann hatte sich trotzdem nie groß um ihn gekümmert. Sie hatte immer gedacht, er sei ein arrogantes Großmaul. Aber seit er sie gestern Morgen angesprochen hatte, war sie gezwungen gewesen, ihre Meinung über ihn zu ändern. Es stimmte zwar, dass er ständig Witze riss und ein ziemlicher Chaot war, aber Ann erkannte jetzt, dass das eben in seiner Natur lag. Gestern Abend im Pub war er schon sehr witzig gewesen, aber erst heute hatte sie angefangen ihn zu mögen. Wenn er Musik machte, schien er alles um sich herum zu vergessen und er war wirklich ein brillanter Gitarrenspieler.

»Woran denkst du denn?«, riss Joey sie aus ihren Gedanken.

Ann spürte, wie sie rot wurde. »Ach, an nichts Besonderes«, antwortete sie. Sie schwiegen. Keiner von ihnen wusste, was er sagen sollte. Schließlich meinte Ann: »Deine Gitarre ist echt genial. Hast du sie dir selbst gekauft?«

Joey schüttelte den Kopf. Dann strich er mit der Hand über den Koffer und sagte leise: »Nein. Die hat mir meine Mutter zu meinem fünfzehnten Geburtstag geschenkt.«

Ann hätte sich am liebsten selber geohrfeigt. Typisch – gleich mal wieder voll ins Fettnäpfchen getreten. Mit beiden Füßen voraus, wie immer! Jeder wusste, dass Joe Boland nicht gern über seine Mutter sprach. »Die Gitarre ist wirklich schön«, murmelte sie.

Zu ihrer Überraschung lächelte Joey sie an. »Danke. Weißt du, du singst echt gut. Ich bin froh, dass du bei uns mitmachst. Hast du mal Gesangsunterricht oder so was gehabt?«

Ann war verblüfft. Nachdem Joey ihre Interpretation seines Songs lediglich mit »nicht schlecht« kommentiert hatte, hätte sie wetten können, dass er nicht allzu beeindruckt von ihr war. Dieser Typ steckte echt voller Überraschungen.

»Ja, ich hab mal eine Zeit lang Gesangsstunden genommen«, antwortete sie. »Aber die waren auf Dauer einfach zu teuer. Meine Eltern konnten sie sich nicht mehr leisten und dann habe ich aufgehört.«

»Das ist ja übel.«

Ann lachte. »Nicht wirklich. Ich hab die Stunden

sowieso gehasst wie die Pest. Der Lehrer war der absolute Horror. Ich war total erleichtert, als mir meine Mutter gesagt hat, dass ich nicht mehr hingehen kann. Ich musste natürlich so tun, als wäre ich schrecklich enttäuscht, aber an diesem Abend habe ich in der Disko kräftig gefeiert.«

Joey lachte. Es war ein ansteckendes Lachen und Ann stimmte mit ein. Die Spannung zwischen ihnen war jetzt vollkommen weg.

»Ehrlich gesagt, ich hätte nicht gedacht, dass du mitmachen würdest, nachdem du mich gestern Morgen so kühl behandelt hast«, sagte Joey mit einem Grinsen auf den Lippen.

»Weißt du, ich hatte es ziemlich eilig. Ich wollte in die Stadt«, erklärte Ann. »Ich dachte schon, der Kurs würde nie ein Ende nehmen. Ich wollte den Bus um halb elf erwischen, und wenn ich den nicht gekriegt hätte, hätte ich noch mal zwanzig Minuten warten müssen. Erstens hast du mich aufgehalten und zweitens war meine Freundin danach auch noch sauer. Tut mir Leid, wenn ich etwas kurz angebunden war.« Sie lächelte. »Du bist mir eben nur ein bisschen auf die Nerven gegangen.«

Joey zeigte mit dem Finger auf sich selbst. »Ich? Ich habe mein verführerischstes Lächeln aufgesetzt und da sagst du, dass ich dir auf die Nerven gegangen bin! Vielen Dank auch.« Er tat so, als wäre er tödlich beleidigt.

Ann kicherte. »Ach was! Von deinem Lächeln habe ich jedenfalls nichts gemerkt.«

»Das wird ja immer besser! Ich habe mir die ganze Nacht um die Ohren geschlagen und vor dem Spiegel geübt und überlegt, was ich zu dir sagen soll, und dann bin ich dir einfach nur auf die Nerven gegangen. Echt super.« Joey grinste sie verschmitzt an.

Ann stellte enttäuscht fest, dass sie bereits vor ihrem Haus standen. »Also, ich muss jetzt gehen«, sagte sie lächelnd. »Bis morgen in der Schule.«

»Klar, bis dann.« Joey lächelte zurück und winkte ihr zum Abschied.

Dann begann er zu laufen. Es war schon nach sechs und er wusste, dass sein Vater ihm die Hölle heiß machen würde, wenn er herausfand, dass er weggewesen war.

Er hatte sich nicht getäuscht. Sein Vater schubste ihn nach oben und sagte ihm, er solle sich bloß nicht mehr unten blicken lassen, ehe er nicht seine Hausaufgaben gemacht habe.

Joey ließ sich auf sein Bett fallen. Er setzte seinen Walkman auf, riss einen Schokoriegel auf, den er sich unterwegs gekauft hatte, und machte in Gedanken an seinen abwesenden Vater das Victoryzeichen. »Auf dich, Dad«, sagte er grinsend.

4. Kapitel

Am nächsten Abend um sieben Uhr klingelte Mick an Joeys Haustür. »Er ist oben«, knurrte Mr. Boland, als er den Freund seines Sohnes hereinließ. Mick eilte die Treppe hoch und schlüpfte in Joeys Zimmer.

»Oje, dein Vater hat vielleicht ’ne Laune«, sagte er und setzte sich rittlings auf einen Stuhl.

»Hmm, er hat mir befohlen, mich an den Schreibtisch zu setzen«, erwiderte Joey grinsend. »Als er von der Arbeit nach Hause kam, hab ich gerade ferngesehen und er ist total ausgeflippt. Er hat mich gegen die Wand gedrückt und mich angebrüllt. Ich kann dir sagen, ich hab einen richtigen Schock gekriegt. Und jetzt sitze ich hier«, er breitete die Arme aus, »und rackere mich ab.«

Mick lachte. Joey hatte sich die Kopfhörer seiner Stereoanlage über den Kopf gestreift, neben ihm lagen seine Gitarre und ein herausgerissenes Blatt Papier mit Notizen für einen Song. Er deutete auf das Papier. »Ich versuche mich gerade bei Trev einzuschmeicheln, indem ich ein paar Sachen für die Band schreibe«, erklärte er.

»Wie ich sehe, arbeitest du wirklich hart«, meinte Mick. »Hör mal, Joe. Du springst mir jetzt bestimmt gleich an die Kehle, aber ich komm in Mathe schon wieder nicht weiter. Kannst du mir mal kurz helfen?«

Joey seufzte. »Mensch, du bist vielleicht eine Niete. Wo ist dein Mathebuch?«

Mick zog es grinsend aus der Tasche. Joey blätterte ziellos darin herum. »Und was genau verstehst du nicht?«

»Das, was wir heute in der Schule gemacht haben.«

»Was war das noch mal? Ich erinnere mich nicht mehr. Ich hab nicht richtig zugehört.«

Mick seufzte. »Wie sollst du mir dann erklären, wie's geht, wenn du selbst nicht richtig zugehört hast?« Es war hoffnungslos.

»Sag mir einfach, was es war.«

»Ähm, komplexe Zahlen oder so was.«

Joey fand das Kapitel und überflog es, während Mick ihn aufmerksam beobachtete.

»Mann, Mick«, meinte er, als er fertig war. »Ich weiß wirklich nicht, was ihr in diesem Kurs überhaupt lernt. Das ist doch total einfach!« Er begann seinem Freund das Kapitel zu erklären und schließlich fiel der Groschen. Joey kritzelte Mick die Lösungen auf ein Blatt Papier, während der ihn ungläubig anstarrte.

»Was glotzt du denn so?«, fragte Joey misstrauisch.

»Du bist bei den Vorprüfungen durchgefallen«, sagte Mick langsam. »Und jetzt brauchst du nur das Kapitel zu lesen – ach, was sag ich da, du brauchst es nur zu überfliegen – und schon ist dir alles klar. Ich dagegen könnte tagelang pauken und würde trotzdem nur Bahnhof verstehen. Wie hast du es nur geschafft durchzufallen, Joe?«

»Keine Ahnung.« Joey blickte auf seine Fingernägel.

»Wirklich nicht?«, meinte Mick spöttisch. »Ich

habe dich bei der Prüfung beobachtet. Du hast einfach nur deinen Namen auf das Blatt geschrieben, eine halbe Stunde gewartet und bist dann rausgegangen. Zuerst dachte ich, du hättest schon alle Aufgaben gelöst – ich war fix und fertig –, und dann hieß es, du wärst durchgerasselt. Da war ich erst recht fertig. Joe, kannst du mir mal erklären, was das ganze Theater soll?«

»Das ist kein Theater«, erwiderte Joey ruhig. »Diese Prüfungen interessieren mich einfach einen Dreck. Das ist alles. Können wir jetzt vielleicht das Thema wechseln?« Er blickte Mick herausfordernd an.

Mick schluckte. Oh-oh, dachte er. Jetzt bin ich schon wieder zu weit gegangen. Er konnte seinen Freund einfach nicht mehr verstehen. Früher hatte Joe ständig gelacht, er war echt ein klasse Kumpel gewesen, man hatte ihm alles sagen können, ohne dass er es einem übel nahm, aber in den letzten Jahren hatte er sich irgendwie verändert. Man konnte sich zwar immer noch erstklassig mit ihm amüsieren und er war auch sehr beliebt und alles, aber irgendetwas… irgendwas tief in ihm drin schien sich verändert zu haben. Manchmal musste man ihn regelrecht mit Samthandschuhen anfassen, so empfindlich war er. Vor allem, als seine Mutter starb – auch so etwas, über das er nie sprach –, das war wirklich eine merkwürdige Zeit gewesen.

Joey lächelte. »Wie kommst du denn mit Cathy voran? Ich hab gesehen, wie du heute Morgen mit ihr geredet hast.«

Mick ging dankbar auf das Friedensangebot ein. Früher hatte er sich in Joeys Gegenwart nie unwohl gefühlt. »Nicht besonders«, gestand er. »Ich bin bloß zu ihr hingegangen ...«

»Ich würde eher sagen hinge*rannt*«, unterbrach ihn Joey.

»Okay, dann eben zu ihr hingerannt«, lachte Mick, »und habe sie gefragt, ob das vielleicht ihr Füller wäre ...«

»Dabei war es *dein* Füller«, mutmaßte Joey.

Mick nickte. »Ja, ich geb's ja zu. Es war mein Füller. Und dann hat sie ›Nein‹ gesagt und ist weitergegangen.«

Joey lachte. »Und dann?«

Mick machte ein betretenes Gesicht. »Nichts und dann. Das war's.«

»Och nee.« Joey blickte seinen Freund ungläubig an. »Soll das heißen, sie hat nur gesagt ›Nein, das ist nicht mein Füller‹ und du hast sie einfach weggehen lassen?«

»Was hätte ich denn sonst machen sollen?« Mick zuckte ratlos die Achseln.

»Na, sie fragen, ob sie mal mit dir ausgeht, ganz einfach!«, rief Joey.

»Oh, ja«, gab Mick höhnisch zurück. »Mag sein, dass du so was hinkriegen würdest – ich jedenfalls nicht.«

Joey überlegte kurz und riet Mick schließlich mit ernster Stimme, sich voll laufen zu lassen. »Dann bist du zu allem fähig!«, meinte er.

»Nur dass ich dann nicht mehr vernünftig gehen, geschweige denn reden kann«, erklärte Mick lachend.

»Weißt du was?« Joey sprang vom Bett auf. »Wir gehen jetzt ins *Coach House* rüber und werfen noch einen Blick auf sie. Ich hab noch ein bisschen Geld übrig.« Er wedelte vor Micks Augen mit einem Fünfer herum.

»Ich dachte, dein Vater will, dass du was für die Schule machst«, wandte Mick zweifelnd ein.

»Ich sag ihm einfach, dass wir zu dir gehen, um ein Buch oder so was zu holen. Mein Vater glaubt doch sowieso jeden Mist. Los, komm.«

Das ließ sich Mick nicht zweimal sagen. Bereitwillig folgte er Joey nach unten und aus dem Haus.

»Aber wehe, du sabberst mir mein Bier voll«, meinte Joey, woraufhin sein Freund laut loslachte.

5. Kapitel

Ende April, vier Tage vor Ablauf der Einsendefrist, war das Demotape fertig. Es enthielt zwei alte und zwei neue Songs, die Joey extra für Ann geschrieben hatte. Einer davon war eine Ballade mit dem Titel »Do You Remember« und der andere ein Rocksong namens »Crazy Illusions«.

Als der letzte Akkord von »Crazy Illusions« ausklang, grinsten sich die fünf Bandmitglieder begeistert an. »Okay, das war's«, verkündete Trev, nachdem er ihnen das Stück auf dem Demoband noch einmal vorgespielt hatte, und begann ein Sixpack Bier zu öffnen, das er extra für diese besondere Gelegenheit mitgebracht hatte. Nachdem sich jeder eine Dose geschnappt hatte, stießen sie auf ihren bevorstehenden Erfolg an. Mick erhielt den Auftrag, das Band zu verschicken, und steckte es behutsam in seine Tasche. Sie beschlossen, an diesem Samstagabend gemeinsam ins *Nite Spot* zu gehen, um den Abschluss ihrer harten Arbeit zu feiern.

Um acht Uhr verließen sie die Aula und Mick, Ann und Joey gingen zusammen nach Hause.

»Und, was hast du noch so am Wochenende vor?«, fragte Mick Ann.

»Ach, nichts Bestimmtes«, antwortete sie. »Wahrscheinlich mache ich noch ein bisschen was für die Schule.«

»Also, das tue ich auf keinen Fall!« Joey klang entsetzt. »Ich brauche dringend eine Pause von der Schule und will nichts davon hören.«

Ann beschloss das Thema zu wechseln. »Wie lange seid ihr beiden eigentlich schon in der Band?«

Mick verzog nachdenklich das Gesicht. »Ähm, seit ungefähr fünf Jahren.« Er wandte sich an Joey. »Erinnerst du dich noch daran, wie wir vorgespielt haben, Joe?«

Joe lachte. »Ja, das war echt zu witzig.«

»Trev hatte in einem Laden eine Anzeige aufgehängt, in der stand, dass er einen Gitarristen, einen Schlagzeuger und einen Keybordspieler sucht. Also sind Joe und ich einfach hingegangen. Ich kann dir sagen, da wimmelte es nur so von Leuten – die Szene in *Die Commitments* war ein Dreck dagegen – und mitten in diesem Chaos stand Trev und versuchte den Überblick zu bewahren. Die meisten Leute hatten nicht den geringstgen Schimmer von Musik und die Leadsängerin, die damals bei Trev mitmachte, war … was war sie, Joe?«

»Eine absolute Katastrophe!«, erklärte Joey. »Sie war seine damalige Freundin. Wenn Trev in ein Mädchen verknallt ist, dann ist er total blind für ihre Fehler. Jedenfalls haben Mick und ich dann vorgespielt. Trev wollte uns unbedingt haben, aber wir haben gesagt, dass wir um nichts auf der Welt mit dieser Sängerin auftreten würden. Also musste sich der arme Junge zwischen uns und der Tante entscheiden. Schließlich konnten wir bleiben und seine Freundin musste gehen. Wir haben uns dann eine andere Sängerin besorgt und die ist später wieder weg und dann kam Karen.«

»Was war denn eigentlich so schlimm an ihr?«, wollte Ann wissen.

»Willst du es ihr sagen?«, fragte Mick seinen Freund.

Joey grinste. »Sie konnte mich nicht ausstehen, das war das Problem. Weißt du, die Sache war nämlich die: Am Anfang haben Trev und ich die Songs für die Band immer gemeinsam geschrieben, aber dann hat Trev gemeint, dass ich das viel besser könnte als er. Also hab ich die Songs schließlich allein geschrieben

Mir war das ganz recht. Trev hat mich sowieso immer in den Wahnsinn getrieben, wenn wir zusammen komponiert haben. Aber Karen ist total ausgerastet. Ich hab nämlich ständig Sachen geschrieben, die sie nicht singen konnte. Mal waren die Noten zu hoch, mal waren sie zu tief, ach, irgendwas war immer. Sie behauptete, ich täte es mit Absicht, aber das war wirklich nicht so. Ich glaube, deshalb ist sie auch gegangen. Ich habe sie wohl vertrieben.«

Ann grinste. Es machte Joe ganz offensichtlich überhaupt nichts aus, Karen vertrieben zu haben. »Hört sich ganz so an, als würdet ihr sie schrecklich vermissen.«

»Ja, ungefähr so, wie man Zahnschmerzen vermisst«, antwortete Mick. »Sie hat alle unsere Lieder ruiniert. Joe musste sie extra für sie ändern und dann waren sie nur noch halb so gut.«

»Und wo seid ihr bisher so aufgetreten?«

Joey zuckte mit den Achseln. »Wo immer es ging. Bis Karen abgehauen ist, hatten wir eine ganze Menge Auftritte laufen. Manchmal spielten wir im *Coach House* gleich gegenüber, dann waren da noch ein paar Auftritte in irgendwelchen Läden in der Stadt und einmal haben wir sogar auf der Hochzeit von einem Freund von Trev gespielt. Da durften wir zwar nicht unsere eigenen Sachen spielen, aber das war uns egal. Es gab den ganzen Abend freie Getränke, das war echt cool.«

»Ein Wunder, dass ihr da zum Schluss überhaupt noch spielen konntet«, meinte Ann.

»Na ja, am Ende haben wir schon ziemlich mit den Noten gekämpft, aber das ist überhaupt niemandem aufgefallen«, erklärte Mick lachend. »Joey hat ständig an den Gitarrensaiten vorbeigegriffen. Es war echt zum Schreien!«

»Ja, ich hab alles doppelt gesehen und am nächsten Tag war mir so schlecht, dass ich nicht mehr aufstehen konnte.«

»Geschieht dir recht.« Sie standen vor Anns Haus und schwatzten noch eine Weile. Ehe die beiden Jungs sich verabschiedeten, sagte Ann zögernd: »Hör mal, Joe. Mick hat mir erzählt, dass du echt gut in Mathe bist, und ich komme da gerade mit einer Sache nicht so zurecht. Würde es dir was ausmachen, mir noch kurz was zu erklären?«

Joey war alles andere als begeistert, rang sich aber trotzdem ein freundliches Lächeln ab. »Ach was, kein Problem, Ann. Her mit dem Buch.«

Während Ann eilig ins Haus lief, drehte er sich zu Mick um und wollte gerade etwas sagen, als dieser ihm zuvorkam: »Wirklich sehr ritterlich von dir. Du bist wirklich zu liebenswürdig.«

Und ehe Joey etwas erwidern konnte, war er schon weg und winkte ihm von weitem zu. »Bis morgen in der Schule.«

6. Kapitel

Allmählich wurde Joey ungeduldig. Mick hatte jetzt schon eine Viertelstunde Verspätung. Da betrat Chris die Küche. Sie war ausgehfertig gestylt und zupfte ständig an ihren Haaren herum. Neugierig musterte sie ihren jüngeren Bruder. »Hey, du bist ja richtig herausgeputzt, Kleiner. Wo willst du denn heute Abend hin?«

»Weg«, antwortete Joey und blickte erneut auf die Uhr.

»Und wohin?«, beharrte Chris.

»Ins *Nite Spot.*«

»Wie schön, dann sehen wir uns ja gleich wieder«, gab Chris lachend zurück und Joey stöhnte entnervt auf. Als er das letzte Mal mit einem Mädchen im *Nite Spot* gewesen war, hatte seine Schwester so getan, als wäre sie seine Freundin. Natürlich hatte das ein Riesenchaos angerichtet und Joeys Freunde hatten ihn noch Wochen später mit der Geschichte aufgezogen.

Plötzlich klingelte es und Chris stürzte zur Tür. Enttäuscht stellte sie fest, dass es nur Mick war. Er griff nach ihrer Hand und küsste sie mit den Worten: »Ach, Chris, du hättest dich doch für mich nicht so fein machen müssen. Du weißt doch, ich finde, dass du immer bezaubernd aussiehst.«

Chris lachte. »Tut mir Leid, Mick. Heute Abend muss ich dich leider enttäuschen. Ich bin schon verabredet. Aber vielleicht kann ich ja noch einen langsamen Tanz für dich reservieren, wenn du dich früh genug anmeldest.«

»Dann melde ich mich hiermit bei dir an.«

Chrystal ging lachend nach oben und Mick betrat die Küche.

»Wo warst du denn so lange?«, fragte Joey vorwurfsvoll.

Mick ließ sich auf einen Stuhl fallen. »Keine Panik. Trev kriegt heute Abend den Wagen von seinem Vater und kommt uns abholen. Tut mir Leid, dass ich dich nicht angerufen habe, aber ich hab's auch eben erst erfahren.«

»Willst du noch 'ne Tasse Tee, bis er kommt?«

Auf einmal hörten sie eine Autohupe. »Das ist Trev«, sagte Mick. »Ich hab ihm gesagt, dass er zweimal hupen soll, wenn er da ist.«

Domo winkte ihnen vom Beifahrersitz aus zu. »Das wird nachher noch ganz schön eng hier drin. Es müssen fünf Leute auf den Rücksitz.«

»Kein Problem. Mick kann sich ja auf meinen Schoß setzen«, erklärte Joey lachend.

Mick schüttelte energisch den Kopf. »Niemals. Am Ende kommst du noch auf dumme Ideen. Dir traue ich alles zu.«

Letztendlich drängten sich Mick, Joey, Ann und zwei Freundinnen von Ann, Betty und Hazel, wie die Sardinen auf dem Rücksitz.

»Alle mal herhören.« Domo wedelte mit ein paar Karten in der Luft herum. »Durch einen glücklichen Zufall bin ich zu sieben Freikarten für heute Abend gekommen. Ein Arbeitskollege von mir jobbt in dem Laden als Kellner und hat sie mir besorgt.«

Die anderen jubelten begeistert. Die Diskothek war ziemlich teuer, vor allem am Samstagabend. Freien Eintritt zu haben war eine Menge wert.

Nachdem Trev den Wagen abgestellt hatte, stiegen sie aus und stellten sich in der Schlange an. Die Disko würde brechend voll sein. Domo reichte jedem seine Freikarte, die sie an der Tür vorzeigen mussten. Sie gaben schließlich ihre Jacken an der Garderobe ab und schlenderten hinein.

»Oje!« rief Ann. »Bei diesem Gewimmel werden wir niemals jemanden aus der Schule treffen.«

»Lass uns zu einem Tisch in der Ecke gehen«, sagte Joey zu Mick. »Ich habe überhaupt keine Lust, meiner Schwester über den Weg zu laufen.«

Leider befanden sich die einzigen freien Tische direkt neben der Tanzfläche und Joey stimmte widerwillig zu, sich dort niederzulassen.

»Okay, was trinkt ihr?«, fragte er. »Heute Abend bin ich zur Abwechslung mal flüssig.« Er zog einen ziemlich zerknitterten Zwanzigpfundschein aus seiner Hosentasche, den er von seinem Cousin fürs Babysitten bekommen hatte. Nachdem ihm alle gesagt hatten, was sie wollten, bat er Mick mitzukommen und ihm beim Tragen zu helfen.

»Tut mir echt Leid, dir das sagen zu müssen, Joe, aber Laura Peters hat sich gerade neben deinen Platz gesetzt.«

Joey seufzte. »Ja, das habe ich auch schon gesehen«,

knurrte er. »Sie sieht wirklich erstklassig aus. Wenn sie nur nicht so unglaublich hohl wäre … Ich würde jedenfalls behaupten, dass sie nicht sehr viel im Hirn hat. Was meinst du, Mick?«

Als keine Antwort kam, wiederholte Joey seine Frage. Immer noch keine Antwort. Er drehte sich verwundert herum. Mick war verschwunden. »Was zum …« Joey verzog den Mund zu einem breiten Grinsen. Mick pirschte sich gerade an ein Mädchen heran. Das konnte nur Cathy sein. »So ein Knallkopf«, murmelte Joey vor sich hin und schüttelte ungläubig den Kopf. Mick hatte es offenbar schlimm erwischt. Schließlich verlor Joe seinen Freund aus den Augen und kämpfte sich Richtung Theke durch.

Als er zu den anderen zurückkehrte, war Mick immer noch unterwegs. Joey hatte sich an der Theke ein Tablett für die Getränke ausgeliehen und versprechen müssen, es wieder zurückzubringen.

»Wo hast du denn Mick gelassen?«, fragte Domo.

Joey erzählte ihnen, was passiert war, und alle lachten.

»Ist nicht dein Ernst«, sagte Betty. »Mein Gott, das ist ja zum Totlachen!«

Als Mick zurückkam, lachten sie immer noch. »Tut mir Leid«, sagte er zerknirscht. »Aber ich wollte unbedingt herausfinden, wo sie sitzt.«

»Schon okay.« Joey schob ihm sein Bierglas hin. »Hier, trink aus. Das wirst du heute Abend noch nötig haben.«

»So, wie Laura dich ansieht, werde ich nicht der

Einzige sein, der was zu trinken braucht«, erwiderte Mick grinsend.

»Sie ist nicht mein Typ«, meinte Joey.

Mick setzte sein Glas an die Lippen und murmelte spöttisch: »Ja, klar.«

Gegen Mitternacht wurden die langsameren Songs gespielt. Mick kippte sein Bier hinunter, holte tief Luft und stand auf. Joey beobachtete ihn belustigt und verbiss sich mühsam das Lachen. Er sollte noch froh sein, dass er keine böse Bemerkung gemacht hatte, denn zwei Minuten später kehrte sein Freund mit finsterer Miene zurück. Mick ließ sich neben Ann fallen, die ihn erstaunt anblickte.

»Was ist los?«, fragte Joey, als Mick trübselig in sein Bierglas starrte.

»Ich bin gerade zu Cathy hin und hab sie gefragt, ob sie mit mir tanzen will, und sie hat gemeint, dass ihr Freund gerade was zu trinken besorgen würde.«

»Oh-oh.« Mick kann einem wirklich Leid tun, dachte Joey.

Sein Freund lächelte matt. »Es ist immer das Gleiche. Die Besten sind natürlich schon besetzt.«

»Wer weiß, vielleicht ist ja bald Schluss zwischen den beiden, eh, Micko?«, versuchte Joey ihn lachend aufzumuntern.

»Du bist gemein!«, rief Ann und versuchte ein Lachen zu unterdrücken.

»Wieso denn? Hoffentlich hat er Recht«, meinte Mick.

»Wo sitzt sie denn?«, fragte Joey und stand auf. »Ich gehe mal rüber und werfe einen Blick auf die Konkurrenz.«

»Untersteh dich!« Mick zog ihn entsetzt auf seinen Sitzplatz zurück. »Was wollt ihr trinken? Ich gehe jetzt zur Theke.«

Als Mick verschwunden war, stand Joey auf. »Sag ihm bloß nicht, wo ich bin, falls er vor mir zurückkommt«, flüsterte er Ann zu und grinste. »Sonst rastet er noch total aus.«

Er war noch nicht weit gekommen, als ihm plötzlich jemand auf die Schulter tippte. »Hallo, Joe. Ich wusste ja gar nicht, dass du heute Abend hier bist. Hättest mir ruhig mal Bescheid sagen können.«

Joey fuhr überrascht herum. Vor ihm stand ein Mädchen aus der Schule. »Oh, hi, Amy, wie geht's? Ich bin nur mit meinen Kumpels von der Band hier.«

»Aber Hallo sagen hättest du ja trotzdem mal können. Los, komm, wir sitzen hier drüben.« Sie legte ihm die Hand auf den Arm und lenkte ihn durch die Menge.

Als er bei Amys Tisch ankam, leuchteten seine Augen erfreut auf. Cathy und ihre Freunde saßen direkt am Nebentisch. Ein echter Glücksfall.

Er plauderte ein bisschen mit seinen Mitschülern, dann stand er auf und setzte sich zu Cathy an den Tisch. »Hallo, Cathy!«

Sie und ihre Freundin blickten ärgerlich zu ihm auf. Unglaublich, da mischte sich doch dieser Typ einfach in ihre Unterhaltung ein und dabei kannten sie ihn noch nicht einmal! Joey lächelte die Mädchen charmant an. »Du bist doch Cathy, oder?«

»Ja«, antwortete sie kühl und musterte ihn abschätzig. »Wärst du vielleicht so freundlich, uns zu sagen, wer du bist?«, meinte sie ironisch.

»Klar«, antwortete Joey ungerührt. »Ich heiße Joe, Joe Boland. Du arbeitest doch im *Coach House*, richtig?«

Ein Lächeln huschte über Cathys Gesicht. »Ja, das stimmt. Oh, warte mal. Jetzt erinnere ich mich an dich. Ich habe dich und deine Freunde schon ein paar Mal bedient....«

»Ja, und einer von meinen Freunden hat dich vorhin zum Tanzen aufgefordert.« Joey beschloss, nicht lange zu fackeln. Dabei hatte er überhaupt nicht vorgehabt, für Mick vorzusprechen. Es war total kindisch, aber was hatte er schon zu verlieren – außer seinen Vorderzähnen, wenn Mick dahinter kam.

»Ja, und?« Cathys Stimme klang jetzt wieder leicht unterkühlt.

»Tja, du hast ihm erzählt, dass du einen Freund hättest, und ich kann weit und breit keinen entdecken.« Joey blickte sich suchend um. »Wo steckt er denn?«

Cathy schüttelte fassungslos den Kopf. »Was geht dich das denn an?«, fragte sie ungläubig.

Joey zuckte mit den Achseln. »Nichts. Gar nichts. Aber das ändert nichts an der Tatsache, dass du gelogen hast.«

»Was soll denn das werden, wenn's fertig ist?«, fuhr Cathy ihn an. »Eine Partnervermittlung? Machst du das öfter für deinen Freund?«

»Klar, die Bezahlung ist echt gut«, scherzte Joey und fuhr in ernsterem Ton fort: »Er weiß überhaupt nicht, dass ich hier bin. Wenn er wüsste, was ich dir gerade erzählt habe, würde er total ausflippen. Ich kann's ja selbst kaum glauben.«

»Ich auch nicht«, murmelte Cathy.

»Ich wollte dich nur darum bitten, ihm eine Chance zu geben. Er findet dich nämlich echt klasse.« Joey biss sich auf die Lippe. Was machte er hier eigentlich? Das Mädchen musste ihn für völlig verrückt halten.

Er stand hastig auf und wollte schon gehen, da sagte Cathy zu ihm: »Weißt du, ich tanze nicht gern mit fremden Typen. Die wollen doch immer nur das Eine.«

»Aber hoffen wird man ja wohl noch dürfen«, meinte Joey lächelnd. »Mick ist nicht von der Sorte. Gib ihm einfach 'ne Chance. Du hast doch nichts zu verlieren.«

»Mach schon, Cath«, drängte ihre Freundin, die das alles sehr romantisch fand.

»Von mir aus«, brummte Cathy. »Aber wehe, er versucht irgendwelche miesen Tricks.«

»Bei den nächsten langsamen Liedern schicke ich ihn zu dir rüber. Wenn du willst, kann ich ihm ja den Mund zukleben.«

Cathys Freundin kicherte, aber Cathy fand das überhaupt nicht komisch. »Gut«, meinte sie düster. »Eine Chance gebe ich ihm.«

Mick war völlig am Boden zerstört. »Wie bitte? Was hast du getan?«, fragte er fassungslos.

»Ach, war doch nicht der Rede wert.« Joey verbiss sich mühsam das Lachen. »Das wolltest du doch die ganze Zeit!«

»Oh, no!«, stöhnte Mick. »Musstest du denn unbedingt den Kuppler spielen? Oh, Gott, wie peinlich! Die muss mich ja für einen kompletten Idioten halten, dass ich dich an meiner Stelle zu ihr rüberschicke. Wenn du glaubst, dass ich ihr jetzt noch gegenübertrete, dann hast du dich geschnitten! Mann, Joe, ich kann es einfach nicht fassen, dass du das wirklich getan hast!« Er vergrub den Kopf in den Händen, seufzte tief und sagte matt: »Ich kann nicht glauben, dass du zu ihr hingegangen bist und ...«

»Tja, das solltest du aber besser«, sagte Joey leise. »Und wenn du sie beim nächsten langsamen Stück nicht zum Tanzen aufforderst, dann wird sie sogar noch schlechter über dich denken, als sie es jetzt schon tut.«

»Na großartig!«, stöhnte Mick. Er blickte auf die Uhr. Normalerweise spielten sie immer zur vollen Stunde ein paar langsame Lieder. Das nächste Mal wäre dann um ein Uhr. Ihm blieben also noch genau dreißig Minuten Zeit, um zu überlegen, was er tun sollte.

Micks Herz machte einen Sprung, als »Orchard Road« ertönte. Joey, der zu diesem Zeitpunkt schon ziemlich angetrunken war, versetzte ihm einen Stoß in die Seite. »Komm schon, Mick. Betöre sie mit deinem Charme«, meinte er lachend.

»Ich könnte dich echt umbringen«, zischte Mick ihm und seinen restlichen Freunden zu, die ihn laut anfeuerten, bevor er so würdevoll wie möglich auf Cathys Tisch zuging.

Zehn Minuten später saß Joey als Einziger noch am Tisch. Er fragte sich, wie es seinem Freund wohl bei Cathy ergangen war. Zurückgekommen war er jedenfalls nicht und das war ja schon mal ein gutes Zeichen.

»Und jetzt«, verkündete der DJ, »wird's so richtig romantisch!« Das Licht wurde heruntergedimmt und die ersten Klänge von »Something in the Air Tonight« waren zu hören. Die Pärchen strömten scharenweise auf die Tanzfläche und begannen eng umschlungen zu tanzen. Joey leerte sein drittes Bier und kramte in seiner Hosentasche nach Geld. Sein Blick fiel auf Trev, der gerade auf eine Blonde mit einem schwarzen Mini einredete. Domo tanzte mit seiner Exfreundin Carla. Jeder schien mit irgendjemandem zu tanzen. Als das Lied endete, wurde es von »Romeo and Juliet« abgelöst. Joey liebte diesen Song. »Damenwahl«, verkündete der DJ. »Kommt schon, Mädchen. Nur keine falsche Bescheidenheit. Schnappt euch die Kerle!«

Joey stand auf und wollte gerade Richtung Theke gehen, als eine Stimme hinter ihm sagte: »Na, Joe, hast du Lust mit mir zu tanzen?« Laura lächelte ihn zuckersüß an und Joey brach der kalte Schweiß aus. Er wollte ihr keinen Korb geben und ihre Gefühle verletzen, aber Laura drückte ihm wirklich die Luft ab. Sie war die aufdringlichste Person, der er jemals begegnet war.

Er lächelte mühsam. »Klar.« Er nahm sie an der Hand und führte sie auf die Tanzfläche. Dann legte er seine Hände sanft auf ihre Hüften, während sie ihm die Arme um den Hals schlang. »Genialer Song, was?« Joey hatte keine Ahnung, was er mit ihr reden sollte. Außerdem war er angestrengt damit beschäftigt, sie auf Distanz zu halten.

Laura nickte. »Hmm. Von wem ist er denn?«

»Von den Dire Straits«, antwortete Joey.

»Nie von denen gehört«, erklärte Laura achselzuckend. Sie versuchte Joe näher an sich heranzuziehen und lehnte ihren Kopf an seine Brust. Joey dachte verzweifelt nach. Was sollte er jetzt bloß tun? Er hatte eigentlich nichts gegen einen One-Night-Stand, aber er sollte nicht gerade mit einem Mädchen stattfinden, das er höchstwahrscheinlich schon morgen wieder sehen würde. Und so, wie sich Laura aufführte, war sowieso klar, dass sie viel mehr wollte, als nur ein bisschen in der Disko herumknutschen. Bei der Vorstellung, eine feste Beziehung zu haben, lief es Joey eiskalt den Rücken hinunter. Er würde sich total eingesperrt fühlen. Der Gedanke, immer mit ein und derselben Person zusammen zu sein, behagte ihm ganz und gar nicht. Er war noch nie mit einem Mädchen fest zusammen gewesen und der Teufel sollte ihn holen, wenn er ausgerechnet jetzt damit anfangen würde.

Laura rückte immer näher an ihn heran. Joey spürte, wie seine Arme sie für einen Augenblick fester umschlossen, als er den süßen Duft ihrer Haare roch …

»Du Nutte!« Laura wurde aus seinen Armen gerissen und zu Boden geschleudert. »Was erlaubst du dir eigentlich!« Ein großer, schlaksiger junger Kerl mit fettigen Haaren beugte sich über sie und brüllte sie an.

»Hey!«, mischte sich Joey ein und der Typ drehte sich wütend zu ihm herum. Die beiden blickten sich verdutzt an. Sie kannten sich.

»Verdammt, Boland!«, zischte Jim Kendell. Er rammte Joey den Finger in die Brust. »Lass-sie-in-Ruhe-sie-gehört-mir. Oder ich bring dich um.«

Joey schaute ihn spöttisch an. Jim Kendell war mal in seiner Klasse gewesen, hatte es dann aber geschafft, in der Zehnten ohne richtigen Abschluss von der Schule zu fliegen. Seitdem kursierten alle möglichen Gerüchte darüber, was er jetzt so trieb. Joe packte Kendell am Hemdkragen und schnaubte: »Ich tanze, mit wem ich will. Und wenn du dieses Mädchen noch einmal so behandelst, dann bring *ich dich* um!« Er wandte sich an Laura, die leise vor sich hinweinte, und brummte: »Alles in Ordnung?«

Sie nickte und ließ sich von einer ihrer Freundinnen wegführen. Kendell wollte ihr gerade folgen, als ihn auf einmal zwei Rausschmeißer am Ärmel packten und unsanft von der Tanzfläche zerrten. Kendell spuckte wütend auf den Boden und erklärte laut fluchend, was er mit Joey alles anstellen wollte, wenn er ihn in die Finger bekäme.

Joey grinste nur und winkte ihm zum Abschied zu. Innerlich zitterte er, aber nach außen hin würde er sich seine Gefühle auf keinen Fall anmerken lassen.

Dieser Kendell war ein Vollidiot. Der hatte nichts als Matsch in der Birne.

Joe ging zu seinen Freunden an den Tisch zurück, die noch gar nichts von dem Zwischenfall mitbekommen hatten. Natürlich wollten alle haargenau wissen, was passiert war, und Joey, der ein begnadeter Geschichtenerzähler war, befriedigte ihre Neugier nur zu gerne. Und je öfter er die Geschichte erzählte, desto dramatischer wurde sie.

Joey kam gegen drei Uhr morgens nach Hause. Er versuchte so leise wie nur möglich zu sein, um seinen Vater nicht unnötig aufzuregen. Wenn er ihn aufweckte, würde der garantiert wieder einen Tobsuchtsanfall kriegen.

Als er die Haustür leise hinter sich zuzog, grinste er zufrieden. Es war ein genialer Abend gewesen. Endlich hatte er Laura vom Hals! Sie hatte sich bei ihm unter Tränen für Kendells Verhalten entschuldigt und ihm mit einem verklärten Blick, der Joey mit Entsetzen erfüllt hatte, erklärt, dass Kendell eben ein bisschen besitzergreifend sei.

Dieses Mädchen war doch vollkommen übergeschnappt! Das stand für Joey spätestens seit diesem Abend endgültig fest.

Mick hatte mit Cathy ein Date ausgemacht und war in Hochform. Domo war wieder mit der blöden Carla zusammen. Ja, der Abend war wirklich irre gewesen.

Als sich Joes Gedanken wieder der Gegenwart zuwandten, sah er, dass in der Küche noch Licht brannte. Er hörte Chris' Stimme und beschloss, ihr eine Weile Gesellschaft zu leisten. Bestimmt trank sie noch eine Tasse Tee mit Gerry. »Hallo, wie geht's?«, sagte er laut, während er die Tür öffnete. Vier Gesichter blickten überrascht auf. Vor ihm saßen sein Vater, Dee, Chris und eine fremde Frau. Alle lächelten ihn an, selbst sein Vater, was ihm ziemlich spanisch vorkam.

»Das war ja klar. Kaum gibt's was zu essen, stehst du auch schon in der Tür«, bemerkte Dee und holte ihm eine Tasse aus dem Schrank.

»War nett heute Abend im *Nite Spot*, was?«, meinte Chris.

»Ja, verdammt nett«, stimmte ihr Joey begeistert zu und wartete darauf, dass Dee ihm ihre Freundin vorstellte. Die Frau sieht gar nicht so aus wie die Leute, mit denen Dee normalerweise ihre Zeit verbringt, dachte er verwundert. Sie war um die vierzig, schlank und elegant gekleidet und hatte ein paar graue Haarsträhnen.

Zu Joeys Überraschung und Entsetzen stand sein Vater auf und legte der Frau die Hand auf die Schulter. »Irene, darf ich dir Joe vorstellen. Joe, das ist Irene.«

Joey hörte auf seinen Keks zu kauen. Verwirrt blickte er zwischen seinem Vater und der Frau hin und her. Er war sicher gewesen, dass es sich um eine Freundin seiner Schwester handelte, und nun stellte sich heraus, dass sie die Neue seines Vaters war!

»Schön, dich kennen zu lernen, Joey.« Irene streckte ihm ihre Hand entgegen.

Joey starrte sie fassungslos an. Sollte das ein Witz

sein? Wie konnte sein Vater so etwas tun? Das war ja widerlich! Wie konnte er mit jemandem anderen zusammen sein? Wie konnte er sie mit nach Hause bringen? In seinem Kopf drehte sich alles.

Irene ließ die Hand langsam wieder sinken. Ihre Wangen waren gerötet. Alle schwiegen betroffen.

»Joe!«, fuhr ihn sein Vater schließlich an. »Was sind denn das für Manieren?«

Joey starrte seinen Vater ungläubig an. Er blickte auf seine beiden Schwestern, die sich angeregt mit der Fremden unterhalten hatten. Dann stellte er seine Tasse auf den Tisch und stand auf. »Bitte entschuldigt mich. Ich gehe jetzt schlafen.«

Unter den bestürzten Blicken der anderen verließ er die Küche. Er hatte das Gefühl, sich jeden Moment übergeben zu müssen.

7. Kapitel

Am Ostersonntag stürmte Mr. Boland in die Küche und brüllte Joey an: »Wehe, du wagst es noch einmal, eine Freundin von mir so zu beleidigen wie letzte Nacht!« Der Finger seines Vaters stach ihm fast das Auge aus. »Hast du mich verstanden? Ob du mich verstanden hast?«

»Laut und deutlich«, erklärte Joey spöttisch. Dann wandte er sich wieder den Kartoffeln zu, die er fürs Mittagessen schälte.

»Du hast sie gekränkt. Ist dir das eigentlich klar?« Sein Vater war dicht hinter ihn getreten und atmete schwer.

»Ich kann dir gar nicht sagen, wie egal mir die Gefühle deiner blöden Tussi sind«, sagte Joe und wirbelte herum.

Sie standen sich direkt gegenüber und blickten sich fest in die Augen.

»Was fällt dir ein, dich so abfällig über sie zu äußern!« Mr. Boland packte seinen Sohn am Hemdkragen. »Großer Gott, Joe«, keuchte er. »Bring mich nicht dazu, dich zu schlagen. Ich habe meine Kinder noch nie geschlagen, noch nie! Aber ich weiß nicht, wie das mit dir weitergehen soll. Ich weiß es wirklich nicht.« Es bereitete ihm sichtlich Mühe, sich zu beherrschen.

Joey blickte ihn gleichgültig an. »Sie ist doch deine Tussi, oder nicht? Du hast deinen verdammten Arm um ihre Schultern gelegt und sie hat deine Hand gehalten. Wie soll ich sie denn sonst nennen?«

»Sie ist meine Freundin! Sie ist eine wunderbare Person und du hast kein Recht, sie zu beleidigen.«

Joey machte sich von seinem Vater los. Seine Augen blitzten. »Ich werde zu niemandem nett sein, der hier reinkommt und versucht meine Mutter zu ersetzen.« Er stockte und ging rückwärts Richtung Tür. »Niemals, Dad!«

Mr. Boland schwankte. Das war wie ein Schlag ins Gesicht gewesen. Zum ersten Mal seit drei Jahren hatte Joey seine Mutter erwähnt. »Aber sie will doch gar nicht Maries Platz einnehmen, Joe«, sagte er leise.

Joey starrte ihn verzweifelt an. Er schluckte und erwiderte ebenso leise: »Hoffentlich vergisst du das nicht, wenn du mit ihr ausgehst und mit ihr redest und ihre Hand hältst. Ich hoffe, du denkst dann daran, was du gerade gesagt hast.« Er machte auf dem Absatz kehrt und stürmte aus der Küche. Für ihn war damit alles gesagt.

Pete Boland bückte sich nach dem Messer, das sein Sohn in seiner Wut auf den Boden geworfen hatte, und schälte die Kartoffeln zu Ende. Er blinzelte. Tränen verschleierten seinen Blick. Er setzte sich auf einen Stuhl und versuchte sich wieder zu fassen. »Er hat sie erwähnt«, flüsterte er. »Nach drei Jahren hat er sie erwähnt. Er hat sie nicht vergessen. Vielen Dank, lieber Gott!«

»Ist Joe da?« Mick fand, dass Joes Vater heute ziemlich merkwürdig aussah. Irgendwas stimmte nicht mit seinen Augen.

»Er ist oben.«

Besonders freundlich war er auch nicht gerade. Am besten, Mick verzog sich schnellstens. Hastig ging er an Mr. Boland vorbei und stapfte die Stufen zu Joeys Zimmer hoch. Ohne anzuklopfen, platzte er ins Zimmer. »Dreimal darfst du raten, was heute abgeht, Joe!«

»Was denn?« Joey klang nicht besonders interessiert.

»REM signieren heute ihre CD im *HMV*. Kommst du mit?«

»Nein«, antwortete Joey schroff, ohne aufzublicken.

Aber Mick ließ sich nicht so leicht abwimmeln. »Ach, komm schon, Joe. Das wird bestimmt spaßig.«

Joey seufzte tief und blickte seinen Freund gelangweilt an. »Mir ist aber heute überhaupt nicht nach Späßen zu Mute.«

Mick grinste. »Ach ja? Dann hast du wohl heute Nacht eine kleine Persönlichkeitswandlung durchlaufen?« Er ließ sich auf Joeys Bett fallen. »Jetzt weiß ich's. Es ist bestimmt wegen Kendell. Er hat dich gestern Abend zu Tode erschreckt und jetzt traust du dich nicht mehr aus dem Haus.«

Joey lächelte matt. »Klar, mir zittern jetzt noch die Knie«, meinte er und stützte sich auf dem Ellbogen auf.

»Also gut, Joe«, wechselte Mick die Taktik. »Ich verspreche dir hoch und heilig, dass es kein bisschen lustig werden wird. Ehrenwort. Wir machen einfach nur eine todlangweilige Tour in die Stadt.«

»Von mir aus«, erklärte Joey grinsend und Mick verzog das Gesicht. »Ich such nur schnell meine Jacke.« Joe trat an seinen Kleiderschrank und wühlte darin herum. Schließlich fand er die Jacke unter einem Kleiderstapel auf dem Boden. »Ich dachte, ich hätte sie aufgehängt«, sagte er und schüttelte sie aus.

Mick grinste. Joey war schon immer ein totaler Chaot gewesen.

Nachdem er seine Jacke nun gefunden hatte, musste er nur noch sein Geld aufspüren. Schließlich wurde er in seinem Papierkorb fündig. Er grinste Mick verlegen an und erklärte achselzuckend: »Ich hätte schwören können, dass ich es in meine Jacke gesteckt habe.« Der Geldschein wurde gewissenhaft wieder zusammengeklebt. »Den muss ich wohl aus Versehen zerrissen haben.«

Mick schüttelte lachend den Kopf. Als Joey ihn verwundert anschaute, deutete er auf die Uhr. »Mach schon. Es ist spät. Wir müssen uns ein bisschen beeilen.«

Auf dem Weg in die Stadt schwieg Joey nachdenklich. Mick wollte ihn erst fragen, was mit ihm los sei, aber dann ließ er es doch lieber bleiben. Man wusste nie, wie Joey auf solche Fragen reagierte. Das Risiko gehe ich lieber nicht ein, dachte er. Nicht schon wieder.

Als sie bei *McDonald's* eine Portion Pommes aßen, platzte Joey plötzlich damit heraus: »Er hat eine Freundin.«

»Was? Wer?«

Joey wünschte augenblicklich, er hätte die Klappe gehalten. Er zuckte mit den Achseln. »Ach, niemand. Vergiss es einfach.«

Aber jetzt war Mick neugierig. »Los, sag schon. Wer hat eine Freundin? Was ist das große Geheimnis?«

Joey starrte auf die Tischplatte und zerknautschte den Plastikbecher in seinen Händen. »Es ist kein Geheimnis«, sagte er und versuchte möglichst beiläufig zu klingen, ohne Mick ins Gesicht zu sehen. Dann fügte er etwas weniger locker hinzu: »Mein Vater.«

Mick verschluckte sich an seiner Cola und hustete. »Ohne Scheiß? Dein Vater hat eine Freundin?« Er blickte seinen Freund ungläubig an. Das ist ihm also über die Leber gelaufen, dachte er.

Joey nickte bedrückt. »Sie war da, als ich gestern Nacht nach Hause gekommen bin. Stell dir das mal vor, mein Vater hat eine Neue. Ist das nicht widerlich?«

»Wie ist sie denn so?«, fragte Mick. Joeys Alter hatte eine Freundin! Man sollte doch niemals die Hoffnung aufgeben!

Joey zuckte mit den Achseln. »So genau hab ich gar nicht hingesehen. Ich hatte keinen Bock, mit ihr zu reden. Und ich hab meinem Vater gesagt, dass er das auch in Zukunft nicht von mir erwarten kann.«

»Vielleicht ist es ja nur eine kurze Affäre«, versuchte Mick ihn zu trösten.

»Wenn sie meinen Vater erst mal richtig kennen lernt, dann lässt sie ihn sowieso wieder sitzen!« Joey grinste schief und angelte sich eine Fritte aus Micks Tüte.

»Hey, das sind meine!« Mick lachte und hoffte, dass Joe Recht behalten würde. Er glaubte nicht, dass sein Freund es verkraften würde, wenn sein Vater eine neue Frau hatte.

Bevor Mick noch mehr dazu sagen konnte, wechselte Joey das Thema. »Hast du die Matheaufgaben endlich im Griff?«

Mick stöhnte. »Erinner mich bloß nicht daran. Ohne deine Hilfe hätte ich sie nie geschafft. Es ist echt zum Verzweifeln!«

»Du kannst dich ja wohl kaum beschweren«, erwiderte Joey und trank seine Cola aus. »Was soll ich da erst sagen? Ich bin überall durchgefallen.«

Da verlor Mick die Beherrschung. »Jetzt mach mal halblang, Joe. Mir kommen gleich die Tränen. Das hast du doch absichtlich gemacht!« Er war selber überrascht, wie wütend er klang.

Joey war nicht minder überrascht. »Was ist denn mit dir los?«, fragte er verwundert.

»Tu doch nicht so«, sagte Mick sarkastisch. »Für wie blöd hältst du mich eigentlich? Du bist doch so intelligent. Ich meine, wirklich intelligent, und dann fällst du plötzlich überall durch. Dass ich nicht lache!«

Joey schwieg und wich dem Blick seines Freundes aus.

»Ich kapiere einfach nicht, was das soll, Joe. Vielleicht soll dein Alter ja denken, dass du zu nichts anderem taugst, damit er dich in Ruhe Musik machen lässt, was weiß ich.« Mick beugte sich über den Tisch zu ihm. »Ich weiß nur eins: Du bist echt nicht zu retten. Du könntest die Schule locker schaffen, das ist so ungerecht. Ich wäre froh, wenn ich nur die Hälfte von deinem Grips hätte. Du machst mich echt wahnsinnig!« Mick war so wütend, dass es ihm vollkommen egal war, was Joe dazu sagen würde. Es war höchste Zeit, dass ihm mal jemand den Kopf wusch.

Joey hatte seinen Freund noch nie so erlebt. Um die Situation etwas zu entspannen, versuchte er es mit einem Scherz. »Weißt du was? Wenn du willst, gebe ich dir überall Nachhilfe.«

Zu seinem Entsetzen hellte sich Micks Gesicht auf. »Wirklich? Das würdest du wirklich tun?«

»Ähm ...«

»Wahnsinn, vielen Dank! Weißt du was? Du kommst jetzt jedes Wochenende zu mir nach Hause und hilfst mir. Einverstanden?«

Joey wäre am liebsten gestorben. »Ähm ...«

»Danke, Joe. Das wird echt genial.«

»Aber nur für eine Stunde oder so, okay?« Joey versuchte zu retten, was noch zu retten war. Er hatte wirklich keine Lust, seine Abende mit Schularbeiten zu verbringen.

»Klar, super!« Mick schlüpfte in seine Jacke. »Vielen Dank, Joe, das ist echt stark von dir!«

»Hmm«, antwortete Joey zerknirscht. »Ich bin wirklich froh, dass ich mich hab überreden lassen, mit dir in die Stadt zu gehen.«

8. Kapitel

An einem Samstagmorgen mitten im Mai erwachte Joey mit mörderischen Kopfschmerzen. Die letzten fünf Wochen hatte er Mick beim Lernen geholfen und als Dank dafür hatte der ihn gestern Abend auf ein paar Bier eingeladen. Als Joe sich umdrehte und einen Blick auf den Wecker warf, stöhnte er laut auf. »Mist!«, rief er und sprang entsetzt auf. Es war fast Mittag. Er schwankte unsicher und hielt sich an seinem Bett fest. Hatte er letzte Nacht wirklich so viel getrunken? Für einen Kater hatte es jedenfalls gereicht. Aber den würde ihm sein Vater bestimmt bald austreiben. Grinsend erinnerte er sich an dessen überraschten Gesichtsausdruck, als Joe vergangene Nacht in die Küche hereingeplatzt war. Sein Vater hatte mit Irene am Tisch gesessen und er, Joe, hatte sich spöttisch verbeugt und ein undeutliches »Entschuldigung« gelallt.

»Mach, dass du ins Bett kommst. Du bist ja betrunken«, hatte sein Vater geknurrt.

Joey hatte sich dezent zurückgezogen, allerdings nicht ohne den Arm zu bemerken, den sein Vater *ihr* um die Schultern gelegt hatte.

Hastig schlüpfte er in seine Jeans. Er zog sich seinen ausgeleierten Pulli über den Kopf und eilte dann, zwei Treppenstufen auf einmal nehmend, nach unten.

Er machte sich in der Küche auf die Suche nach etwas Essbarem. Hoffentlich spielte sein Magen überhaupt mit. Er schluckte zwei Schmerztabletten und stellte den Wasserkocher an.

Da hörte er die schweren Schritte aus dem Wohnzimmer. Sein Vater war Richtung Küche unterwegs und Joey stöhnte leise. Das war mal wieder typisch. Natürlich kreuzte sein Vater genau dann auf, wenn ihm sowieso schon kotzübel war. Joey erkannte schon am Klang seiner Schritte, dass ihm nichts Gutes bevorstand. Er schluckte und war fest entschlossen, sich nicht unterkriegen zu lassen.

Mr. Boland baute sich mit hochrotem Gesicht vor

ihm auf. Joey versuchte eine unbekümmerte Miene aufzusetzen.

»Ich warne dich«, sagte sein Vater leise und bedrohlich. »Wenn du dich in meinem Haus noch einmal so aufführst wie letzte Nacht, dann kannst du was erleben!«

»Pfff. Wenn deine Tussi nicht da gewesen wäre, wäre dir das doch scheißegal gewesen.« Die Worte waren raus, ehe er sie zurückhalten konnte.

»Wenn Irene nicht da gewesen wäre, *mein Sohn*, dann wären heute Morgen nur noch Stücke von dir übrig. Ich kann dir gar nicht sagen, wie sehr ich mich gestern für dich geschämt habe. Das muss man sich mal vorstellen, ich schäme mich für meinen eigenen Sohn!«

»Ist mir doch egal, was du über mich denkst«, sagte Joey, obwohl er wusste, dass das eine glatte Lüge war.

Die Worte trafen Mr. Boland wie ein scharfes Messer. Wütend tippte er seinem Sohn mit dem Finger gegen die Brust. »Wie sollte ich auch stolz auf dich sein? Ein bisschen auf deiner dämlichen Gitarre rumspielen, das ist alles, was du kannst!«

Joey verschlug es schier die Sprache. In seinem Hals steckte ein Riesenkloß. Sein Blick verfinsterte sich. Er wollte losschreien, seinen Vater anbrüllen, ihn verletzen, aber er war unfähig, sich zu bewegen.

Mr. Boland wusste, dass er zu weit gegangen war, aber es machte ihm offenbar nichts aus. Er wandte sich von Joe ab. »Geh mir aus den Augen, los, verschwinde! Geh in dein Zimmer oder mach sonst irgendwas Nützliches!«

Joey rührte sich nicht vom Fleck. Die Worte »auf deiner dämlichen Gitarre« klangen ihm immer noch im Ohr. Es tat so weh! Ohnmächtige Wut stieg in ihm auf und überdeckte seine Kopfschmerzen. Sein Vater drehte sich erneut zu ihm um und brüllte: »Ich sagte, mach, dass du hier rauskommst!«

Wie im Traum hörte Joey sich selbst sagen: »Leck mich doch!« Gleichgültig beobachtete er, wie sein Vater ungläubig die Augen aufriss.

»Was hast du da eben gesagt?«, fragte er fassungslos.

»Bist du taub? Ich sagte ›Leck mich doch!‹« Joeys Stimme war jetzt eine Idee schriller. Gleich würde sein Vater explodieren, aber das war ihm inzwischen völlig egal.

Die Fäuste seines Vaters trafen ihn dennoch unvorbereitet. Mit voller Wucht prallte er gegen die Tür. Sein rechtes Auge brannte vor Schmerz. Er hielt sich die Hände schützend vors Gesicht und duckte sich, als sein Vater ihn an seinem Sweatshirt packte und hochzog.

Mr. Boland starrte entsetzt auf das Auge seines Sohnes. Das hatte er wirklich nicht gewollt. Warum hatte sich der Idiot denn nicht weggedreht? Aber jetzt Reue zu zeigen, hieße nachzugeben. Er schüttelte seinen Sohn wie eine Puppe. »Sprich nie wieder so mit mir, hörst du? Nie wieder!« Er starrte seinen Sohn an, den er offensichtlich immer weniger in der Hand hatte. »Du entschuldigst dich jetzt sofort bei mir. Jetzt sofort!«

Joey blickte ihn voller Abscheu an. »Verpiss dich!« Sein Kopf knallte gegen die Tür. Da, wo normalerweise sein Auge war, spürte er nichts als einen pochenden Schmerz.

»Ich glaube, du hast mich nicht richtig verstanden.« Mr. Bolands Stimme war leise und zitterte vor Wut. »Ich habe eine Entschuldigung von dir verlangt und noch keine bekommen. Sag, dass es dir Leid tut.«

Joey biss sich auf die Lippe und sah seinen Vater trotzig an.

»Sag, dass es dir Leid tut!«

Joey zuckte gleichgültig mit den Achseln. »Du hast mich zuerst beleidigt und dich auch nicht entschuldigt. Also kannst du von mir aus auf deine Entschuldigung warten, bis du schwarz wirst!«

»Sag, dass es dir Leid tut!«

»Du hast mich zuerst beleidigt.«

»Ich verlange eine Entschuldigung!« Sein Vater schüttelte ihn erneut.

»Nein«, erwiderte Joey ruhig. Wieder knallte sein Kopf gegen die Tür. Er versuchte seinen Vater von sich wegzustoßen, aber das schien den noch wütender zu machen. Er schleuderte Joey quer durch die Küche und näherte sich ihm langsam. Joey blickte ihm mit geballten Fäusten herausfordernd entgegen, ohne von der Stelle zu weichen. Das Herz schlug ihm bis zum Hals und ihm war speiübel.

Die Küchentür flog auf. »Aufhören! Wollt ihr wohl aufhören, alle beide!«, schrie Dee und stellte sich zwischen die zwei Kampfhähne. »Dad, was machst du denn da? Bitte lass ihn in Ruhe!« Ihre Stimme versagte und sie hatte Mühe, die Tränen zurückzuhalten.

Mr. Boland schluckte und starrte seinen Sohn an. Dann blickte er auf seine Hände herab, als könnte er plötzlich selbst nicht glauben, dass er Joey damit geschlagen hatte. »Jesus, ich ...«

»Dein Auge, Joe.« Dee beugte sich besorgt über den Jungen und streckte die Hand aus, aber er stieß sie knurrend weg.

»Lass mich. Es geht schon. Ich sagte, lass mich, Dee!«

»Was ist hier eigentlich los?« Dee blickte sie beide bestürzt an. »Dad?«

Mr. Boland räusperte sich. Er war entsetzt. Hatte er wirklich Joeys Auge so zugerichtet? Gott allein wusste, dass dieser Flegel längst eine Tracht Prügel verdient hätte, aber das ... »Also«, begann er unsicher. »Er hat gesagt ...«

Joey stürmte an den beiden vorbei und murmelte: »Ich geh weg.«

»Aber Joe, wir müssen reden«, flehte sein Vater, während die Tür ins Schloss fiel. Er sackte in sich zusammen und Dee hatte plötzlich Mitleid mit ihm. »Glaub mir, Dee. Ich wollte sein Auge nicht so zurichten, wirklich, es war ein Versehen. Ich habe ihm nur gesagt, dass er nicht mehr betrunken nach Hause kommen soll, und dann haben wir uns gegenseitig beschimpft.« Er lachte bitter. »So wie immer eben und dann sagt mir dieser Nichtsnutz plötzlich, ich könnte ihn mal.« Seine Hand zitterte, als er sich übers Gesicht fuhr. »Großer Gott, Dee. Ich hätte ihn umbringen können. Ich habe nur noch rot gesehen. Ich habe meine Kinder noch nie geschlagen, noch nie! Sieh dir an, wozu er mich getrieben hat!« Er sank auf einen Stuhl und bedeckte sein Gesicht mit den Händen.

Dee stand hilflos daneben. Schließlich legte sie ihm die Hand auf die Schulter. »Komm schon, Dad. Denk nicht mehr daran. Sprich mit ihm, sobald er zurückkommt. Du kennst doch Joe. Er ist nicht nachtragend.«

Joey rannte ziellos mit gesenktem Kopf und mit einem Auge, das vor Schmerz pulsierte, aus dem Haus. Er blickte überrascht auf, als er plötzlich vor dem Marley Park stand. Er betrat den Stadtpark und fand einen einsamen Platz, wo er in Ruhe nachdenken konnte. Ihm war immer noch etwas übel und sein Herz schlug wie wild. Er setzte sich auf eine Bank und schloss die Augen.

»Hi, wie geht's?«

Die fröhliche Begrüßung ließ Joey erschrocken zusammenzucken. Ausgerechnet jetzt, wo er niemanden sehen wollte. »Hallo, Ann«, murmelte er und sah weg.

»Was treibst du denn hier?«, fragte sie und setzte sich neben ihn auf die Bank.

Joey zuckte mit den Achseln. »Ich wollte nur ein bisschen spazieren gehen. Weil das Wetter so schön ist.«

»Ich auch.«

Ein unbehagliches Schweigen folgte ihren Worten.

Dann fragte Ann unsicher: »Soll ich lieber wieder gehen?«

Die direkte Frage überrumpelte ihn. Er drehte sich zu ihr herum. »Tut mir Leid, ich wollte nicht …« Weiter kam er nicht. Ann starrte völlig entgeistert auf sein Auge.

»Was ist denn mit dir passiert?«, rief sie entsetzt.

Joey zuckte mit den Schultern und wandte sich wieder ab. »Ach, nichts.«

Ann lachte nervös. »Hast du mal dein Auge im Spiegel gesehen? Es ist total zugeschwollen! Geh lieber heim und leg einen Eisbeutel drauf.«

»Hmm«, machte er, ohne sich zu rühren.

»Was wird bloß dein Vater sagen, wenn er dich so sieht? Meinst du, er wird dir eine Tapferkeitsmedaille verleihen?«

Joey lachte bitter. »Das glaube ich kaum. Immerhin ist *er* dafür verantwortlich!« Kaum waren die Worte über seine Lippen, bereute er auch schon wieder, sie gesagt zu haben. Ann blickte ihn entsetzt an. Wahrscheinlich dachte sie jetzt, dass sein Vater die Kinder misshandelte oder so was.

»Wir haben uns gestritten«, fügte er hastig hinzu. »Ich hab gesagt, er könnte mich mal, und das war seine Antwort darauf.« Er deutete auf sein Gesicht.

»Wow«, hauchte Ann. »Er muss ja total ausgerastet sein.«

»Allerdings«, brummte Joey. »Weißt du, wir kommen nicht gerade gut miteinander aus.«

»Nein?«

»Nö.« Joey biss sich auf die Lippe. Es fiel ihm schwer, darüber zu sprechen. »Ich glaube, er hält mich für einen Versager.«

Ann schluckte. »Hör mal«, sagte sie. »Wenn du lieber allein sein willst, dann kannst du es mir ruhig sagen. Und wenn du darüber reden willst, dann erzähl ich keinem was, versprochen.«

Joey zuckte mit den Achseln und versuchte so gleichgültig wie nur möglich zu klingen. »Da gibt's nicht viel zu erzählen. Wir sind nur nicht unbedingt immer einer Meinung. Das war schon immer so. Es ist das erste Mal, dass er mich geschlagen hat …« Er brach ab und fügte wütend mehr zu sich selbst hinzu: »Und das letzte Mal!«

Ann schwieg. Sie wusste nicht, ob sie bleiben oder gehen sollte. Ein paar Minuten sprach keiner von ihnen ein Wort und dann murmelte Joey unvermittelt: »Das hat alles angefangen, als sie gestorben ist.«

»Wer?«, fragte Ann. »Als wer gestorben ist?«

»Meine Mutter.« Nachdenklich pflückte er Blätter von einem Baum direkt neben der Bank. Er faltete sie sorgfältig zusammen, zerriss sie dann und ließ sie vom Wind forttragen. »Sie hat früher immer zwischen mir und meinem Vater vermittelt. Sie hat nie zugelassen, dass wir uns stritten. Weißt du, sie war auch total versessen auf Musik. Ich konnte so viel Gitarre spielen, wie ich wollte. Sie war eine phantastische Musikerin.« Stolz schwang in seiner Stimme mit. »Sie hat total viele Stipendien und so gekriegt und dann hat sie alles hingeschmissen, um meinen Vater zu heiraten. Stell dir das mal vor. Sie muss völlig bescheuert gewesen sein.« Joey hielt inne und fuhr sich zerstreut mit der Hand übers Gesicht. »Echt bescheuert«, wiederholte er leise.

Ann sagte immer noch nichts. Es schien ihr das Beste, einfach nur zuzuhören.

»Mein Vater hat ihr zuliebe immer nachgegeben. Solange sie in der Nähe war, konnte ich tun und lassen, was ich wollte. Als sie … als sie … du weißt schon, krank wurde und … und starb, hat er sich total verändert. Ich war damals in der zehnten Klasse und er hat mir ständig gesagt, dass ich lernen soll. Er sagte immer, sie hätte gewollt, dass ich in der Schule gut abschneide. Die meiste Zeit habe ich komponiert, aber ab und zu habe ich auch was gelernt, damit er zufrieden war. Ich hatte überall die besten Noten.«

Ann schnappte überrascht nach Luft und Joey lächelte zum ersten Mal. »Die Schule war ein Kinderspiel.« Mit zunehmender Bitterkeit in der Stimme fuhr er fort: »Mein Vater war so verdammt stolz. Stolz auf seinen Sohn mit den perfekten Noten. Vier Wochen später habe ich bei einem Komponierwettbewerb gewonnen. Aber das war ihm scheißegal. Er redete nur noch davon, was für einen guten Schulabschluss ich machen würde.« Er hielt inne und wieder huschte ein Lächeln über seine Lippen. »Dann habe ich einfach angefangen absichtlich schlechte Noten zu kriegen. In den Testprüfungen habe ich alles bewusst vermasselt. Mein Alter hat sich vielleicht aufgeregt. Das war echt genial!« Er grinste.

Ann brachte es nicht fertig zurückzulächeln. »Aber Joe …«

»Jetzt fang du nicht auch noch an«, fuhr er sie an. »Es reicht schon, dass Mick mir die Ohren voll labert. Ich will, dass die Leute mich wegen meiner Persönlichkeit mögen und nicht, weil ich gut in der Schule bin! Kannst du das nicht verstehen?«

Der letzte Satz klang eher wie eine Bitte und Ann hatte Mitleid mit ihm. Sie berührte ihn sanft am Arm. »Ich mag dich, Joe. Ehrlich.«

»Mein Vater hasst die Band wie die Pest. Ich kann nicht einmal mit ihm darüber reden. Wenn ich ein Lied spiele oder übe, dann muss ich ihm erzählen, dass Mick alles komponiert hat. Wenn er wüsste, dass ich in meinem Zimmer komponiere, anstatt zu pauken, würde er endgültig ausflippen.«

Joey machte eine kurze Pause und fuhr dann ärgerlich fort: »Und wenn ich ihm sage, dass ich Musiker werden will, dann lacht er nur. Er lacht! Wenn ich ihm dagegen sagen würde, dass ich Arzt oder … oder Buchhalter wie er werden wollte, dann wäre er sofort Feuer und Flamme und würde allen seinen Kumpels von mir erzählen.«

Ann schluckte und sagte nervös: »Joe, versprich mir, dass du nicht wütend wirst, wenn ich dir jetzt was sage.«

Sie sah, wie sich seine Miene augenblicklich verfinsterte. »Was denn?«, fragte er misstrauisch.

Sie schluckte. »Wäre es denn so schlimm für dich, bei der Abschlussprüfung gut abzuschneiden?«

Joey starrte sie ungläubig an. »Ich habe dir doch gerade erklärt, warum ich keine guten Noten schreiben kann, und das ist alles, was du dazu zu sagen hast?« Er stand auf, um zu gehen. »Herzlichen Dank, Ann.«

»Verdammt noch mal!«, schnaubte sie. »Hör auf dich wie ein Baby zu benehmen. Setz dich hin und hör dir meinen Vorschlag wenigstens mal an.«

Mit so einem Ausbruch hatte Joey nicht gerechnet. Er stand neben ihr, die Hände in den Hosentaschen vergraben. Schließlich zuckte er mit den Schultern. »Okay, ich höre.« Er setzte sich aber nicht hin.

»Mach einen guten Abschluss, damit du zu Hause deinen Frieden hast, und wenn dein Vater dich fragt, was du später machen willst, dann sag ihm, dass du Musik machen wirst. Wenn's ihm nicht passt, dann hat er eben Pech gehabt!«

»Das ist zwecklos. Er würde trotzdem ständig mit mir herumstreiten.«

»Du kannst deinem Vater ja sagen, dass du, falls das mit der Musik nicht klappt, immer noch dein gutes Abschlusszeugnis in der Tasche hast.« Sie blickte ihn erwartungsvoll an. »Meinst du nicht, das würde funktionieren?«

»Ich kann's ja mal versuchen«, sagte Joey ohne große Begeisterung. »Aber irgendwie kommt es mir so vor, als würde mein Vater dann doch noch seinen Willen durchsetzen.«

»Aber du setzt deinen auch durch«, wandte Ann ein. »Und zwar, ohne dich ständig mit jedem in die Haare zu kriegen.«

Joey grinste. »Ich kriege mich ja gar nicht mit jedem in die Haare, nur mit meinem Vater.« Er setzte sich wieder neben sie. »Du hast wahrscheinlich Recht. Versuchen kann man's ja mal. Aber eins weiß ich jetzt schon: Die Lernerei wird mich ganz schön anöden.«

»Warum soll es dir besser ergehen als allen anderen?«, sagte Ann nüchtern. »Wach auf, Joe. Keiner von uns lernt gerne.«

»Tja, da hast du mir ja ganz schön den Kopf gewaschen«, meinte Joey und lachte. »Danke, Ann. Du bist wirklich große Klasse.« Er strahlte sie an.

Sie lief rot an. »Danke wofür?«

»Fürs Zuhören«, erwiderte Joey schlicht. »Ich spreche eigentlich nie über das mit meiner Mutter und alles ... Tut mir Leid, dass ich dich damit belämmert hab, aber trotzdem danke.«

Ann zuckte mit den Achseln. »Gern geschehen.«

Joey stand auf und fegte sich die Blätter von der Hose. Er streckte Ann die Hand hin. »Kommst du mit? Es ist schon spät. Ich glaube, wir gehen lieber zurück.«

Ann ließ sich bereitwillig von der Bank hochziehen. Dann ließ sie seine Hand sofort wieder los und klopfte sich ebenfalls die Jeans ab. »Halt ja deinen Kopf schön gesenkt«, sagte sie. »Sonst denken die Leute womöglich noch, ich hätte dir eine geknallt.«

9. Kapitel

»Joe!«, rief Chris. Als sie keine Antwort erhielt, versuchte sie es noch lauter: »Joe!«

»Ja?« Er beugte sich übers Geländer und blickte mit gelangweilter Miene nach unten. Er war Anns Rat gefolgt und saß gerade über seinen Schulbüchern. Bis zur Abschlussprüfung waren es noch knapp zwei Wochen. Joe hatte überhaupt keine Lust mehr aufs Lernen, aber er hatte kapiert, dass Ann Recht gehabt hatte, und war froh, mit ihr gesprochen zu haben.

Chris blickte ihn vorwurfsvoll an. »Gehst du denn nie ans Telefon, wenn es klingelt?«, fragte sie und fügte hinzu, ohne seine Antwort abzuwarten: »Es ist für dich.« Sie marschierte in die Küche zurück.

Joey hatte das Telefon nicht einmal läuten hören. Er rannte die Treppe hinunter und nahm den Hörer in die Hand. »Ja?«

»Hallo, Joe. Ich bin's, Mick.« Er klang atemlos.

»Hallo, wie geht's? Was gibt's?«, fragte Joey neugierig. Dann fügte er misstrauisch hinzu: »Du brauchst doch nicht etwa Hilfe bei Mathe oder so?«

Er atmete erleichtert auf, als Mick laut loslachte. »Quatsch. Aber du wirst kaum glauben, was ich dir gleich erzählen werde. Ich habe zwei verdammt gute Neuigkeiten für dich.«

Joeys Herz machte einen Sprung. Es war doch nicht etwa… »Hat es was mit dem Demoband zu tun?«, fragte er vorsichtig.

»Ja!« Mick klang so, als strahle er übers ganze Gesicht. »Ich hab's vor ein paar Wochen weggeschickt und …« Er machte eine kleine Pause und brüllte dann: »Wir haben's geschafft, Joe! Wir sind eine Runde weiter!« Er schrie so laut, dass Joey sich den Hörer vom Ohr weghalten musste. Am anderen Ende der Leitung forderte Micks Mutter ihren Sohn auf, gefälligst nicht wie ein Geistesgestörter herumzubrüllen. Aber Mick beachtete sie überhaupt nicht. »Ist das nicht cool?«

»Es ist der absolute Wahnsinn!« Joey musste sich beherrschen, nicht auch loszuschreien. Wenn sein Vater mitbekam, dass seine Band bei einem Wettbewerb mitmachte, würde es wieder Krieg geben. Es gab ihm einen Stich, dass er niemandem davon erzählen konnte. Chris und Dee würden es mit Sicherheit seinem Vater weitererzählen und das wollte er auf keinen Fall. »Woher weißt du das überhaupt?«, fragte er Mick, der sich mit seiner Mutter gerade ein Wortgefecht lieferte.

»Moment mal, Joe.« Der Telefonhörer wurde hingelegt und Joey grinste, als er Mick sagen hörte: »Hör mal, Ma. Ich kann ja auch nichts dafür, wenn deine Reaktion auf gute Nachrichten nicht so ausfällt, wie meine. Ich sage ja auch nichts, wenn du wegen irgendwas herumbrüllst.«

Einen Augenblick später kam Mick wieder ans Telefon. »Tut mir Leid wegen der Unterbrechung. Was hattest du gerade gefragt, ehe ich mit meiner Mutter … ähm … was regeln musste?«

Joe grinste. »Woher du weißt, dass wir weitergekommen sind.«

»Trev hat mich angerufen. Er dachte, dass ich es dir bestimmt lieber selber erzählen wollte. Jetzt kannst du deinem Alten immerhin berichten, dass wir in der zweiten Runde sind. Er freut sich bestimmt für dich. Jetzt kann er wirklich nichts mehr gegen die Band sagen.«

Joe lachte trocken. »Klar, Mick. Er wird außer sich sein vor Freude«, sagte er sarkastisch. »Gar nichts werde ich ihm sagen. Er kann mich mal. Er hat sich nicht dafür entschuldigt, dass er mir ein blaues Auge verpasst hat, also kann er mir mal den Buckel runterrutschen!«

»Ach, Joe. Er hat doch schon ein paar Mal versucht mit dir zu reden. Das hast du mir doch selbst erzählt.« Mick war total schockiert gewesen, als er erfahren hatte, dass Joes Vater ihm eine geknallt hatte. Und als er das Ergebnis gesehen hatte, war er noch entsetzter gewesen. Joe hatte ihm allerdings nicht die ganze Geschichte erzählt, nur dass sie sich gestritten hatten und sein Vater ihn geschlagen hatte. Mick hatte Joe versprechen müssen, den anderen in der Schule nichts davon zu erzählen. Stattdessen verbreiteten sie die Geschichte, dass Joe sich das Veilchen eingefangen habe, als er einen Möchtegern-Taschendieb in die Flucht geschlagen habe. Daraufhin hatten alle Joe anerkennend auf die Schulter geklopft und ihm gesagt, wie mutig er doch sei. Mick und Joe hatten sich darüber köstlich amüsiert.

»Hör mal, Mick. Am besten wir vergessen das mit meinem Vater. Ich rede nicht mit ihm und fertig.«

Sein Freund schwieg.

»Du bist vielleicht eine alte Nörgeltante«, stichelte Joey. »Mir scheint, du kommst ganz nach deiner Mutter.«

Mick sagte immer noch nichts.

»Ach komm schon, Mick. War doch bloß Spaß.«

»Ja, so wie du immer Witze reißt, wenn dir jemand zu nahe kommt«, stieß Mick hervor.

Jetzt war Joey mit Schweigen an der Reihe.

»Ich verstehe einfach nicht, warum du nicht mit deinem Vater redest. Du hast ihn bestimmt genauso angebrüllt wie er dich. Reiß mir nicht gleich den Kopf ab, bloß weil ich dir sage, was ich denke, und mach dann noch Witze darüber, Joe. Ich hab's satt, ehrlich!«

»Aber ich mache doch gar keine …«

»Natürlich tust du das.« Mick war wirklich sauer auf ihn.

»Was ist denn bloß in dich gefahren?«, fragte Joey bestürzt. »Tut mir Leid, was auch immer ich getan habe. Aber ich rede trotzdem nicht mit meinem Vater.«

»Okay«, seufzte Mick. »Vergiss, was ich gesagt habe.«

»Schon vergessen«, antwortete Joe. »Hör mal, Mick. Du rätst nie, was ich gerade getan habe, als du angerufen hast.«

»Was denn?«, fragte Mick mürrisch.

»Ich habe ge-le-hernt.«

»Wird auch langsam Zeit.« Mick fand das überhaupt nicht komisch.

»Mensch, Mick. Ich hab doch gesagt, dass es mir Leid tut. Sei nicht du auch noch eingeschnappt. Kendell und mein Vater reichen mir im Moment vollauf. So, wie das im Moment hier abgeht, könnte man geradezu meinen, dass irgendjemand die Leute auf mich hetzt.«

Jedes Mal, wenn Joey das Pech hatte, Kendell über den Weg zu laufen, warf der ihm einen hasserfüllten Blick zu und schwor, es Joey heimzuzahlen, dass er mit »seinem Mädchen« getanzt habe. Joey zuckte dann nur mit den Achseln oder machte eine witzige Bemerkung, die seine Begleiter zum Lachen brachte und Kendell noch wütender werden ließ.

»Hast du nicht was von *zwei* guten Nachrichten gesagt?«, fragte Joey im verzweifelten Versuch, das Thema zu wechseln.

»Ja.« Micks Laune hob sich wieder. »Trev hat für Samstagabend einen Auftritt im *Coach House* arrangiert. Der Barbesitzer hat gemeint, dass er erst sehen will, wie gut wir sind, ehe er uns regelmäßig engagiert. Für unseren ersten Auftritt kriegen wir alle Getränke frei.«

Joey lachte. »Hat dieser Typ eine Ahnung, wie viel wir vertragen? Der arme Kerl wird hinterher total pleite sein!«

10. Kapitel

Sie verabredeten sich für halb sieben im *Coach House*, um die Anlage aufzubauen. Der Auftritt war für acht Uhr angesetzt und sämtliche Bekannte aus der Schule hatten versprochen vorbeizuschauen.

»Hey, Leute«, sagte Ann, als sie in der Kneipe aufkreuzte. »Ich habe ganz weiche Knie vor lauter Aufregung.«

»Was möchtest du trinken?«, fragte der Barmann und musterte sie amüsiert. »Such dir irgendwas aus. Das wird deine Nerven beruhigen.« Er deutete auf die Regale hinter der Bar.

Ann blickte stirnrunzelnd auf die Flaschenreihen. Schließlich deutete sie auf einen Whisky. »Einen Doppelten, bitte.«

»Personalausweis dabei?«, fragte der Barmann.

Ann durchsuchte ihre Taschen. »Hier«, sagte sie schließlich. »Ich bin im Januar achtzehn geworden.«

Sie nahm ihr Glas in die Hand. »Prost«, sagte sie zu den Jungs. »Auf uns.«

Mick lachte. »Ganz schön teure Trinkgewohnheiten. Ich wette, es gibt nicht viele Jungs, die dich freiwillig einladen.«

Ann grinste. »Du wirst überrascht sein, Micko. Mädchen wie ich sind zwar nicht billig, dafür aber von erstklassiger Qualität.« Sie bedankte sich beim Barmann mit einem Kopfnicken und kippte den Whisky mit zwei Schlucken hinunter.

»Wow«, stieß Trev hervor und starrte sie an. »Das würde nicht einmal ich schaffen.«

»Ist nur zu medizinischen Zwecken«, erwiderte Ann lächelnd. Sie blickte auf den Kabelsalat auf dem Fußboden und fragte, wie weit sie mit dem Aufbau seien.

»Fast fertig.« Joey kniete auf dem Boden und war gerade dabei, die Lichtanlage zu verkabeln. Er blickte zu Ann hoch und grinste übers ganze Gesicht. »Mann, hoffentlich haben die Zuhörer alle Sonnenbrillen dabei.«

Die anderen drei verkniffen sich mühsam das Lachen. Typisch Joey. Er sprach mal wieder aus, was alle dachten. Sie fürchteten schon, dass Ann ihm die Bemerkung über ihr Outfit vielleicht übel nehmen würde, aber sie grinste nur belustigt. »Ja, ich dachte, ich bringe etwas Farbe in den Laden hier.«

An diesem Abend hatte sie sich wirklich selbst übertroffen. Sie trug ihre üblichen lila Docs, knallrote Jeans und dazu ein leuchtend gelb-rotes T-Shirt mit der Aufschrift *The Eight Legged Groove Machine.* »Gut, was?«, sagte sie und deutete auf den Schriftzug.

Joey nickte. »Ja, echt starkes Album.« Es war der Titel einer CD von The Wonderstuff.

»Sind wir so weit für einen Soundcheck?«, fragte Trev.

Joey nickte und griff nach seiner Gitarre. Die anderen nahmen ihre Plätze ein und der Barmann lehnte sich an die Theke und hörte aufmerksam zu. Als Ann den ersten Song zu Ende gesungen hatte, applaudierte er begeistert. »Gute Musik«, sagte er und füllte ihre Gläser wieder auf. »Na los, trinkt aus. Ich muss es ja nicht bezahlen«, meinte er lachend.

Der hintere Raum der Kneipe füllte sich zügig und um halb acht konnte man sich vor lauter Leuten kaum noch bewegen. Ein paar Jungs aus ihrer Schule begannen laut zu fordern: »Wir wollen *Livewire*! Wir wollen *Livewire*! Wo bleibt *Livewire*?«

Als sie schließlich an die Mikros traten, brachen die Zuschauer in lautstarkes Jubelgeschrei aus. Joey wäre fast gestorben vor Lachen. Er und Mick hatten ihren Mitschülern gesagt, sie sollten *Livewire* begeistert begrüßen, aber das hier war dann doch etwas übertrieben.

Auf jeden Song, den sie spielten – egal, ob es ein eigener oder eine Coverversion war –, folgte tosender Applaus.

Als Ann beschloss, dem Publikum die Mitglieder der Band vorzustellen, geriet die Sache endgültig außer Kontrolle. Das war nicht vorgesehen gewesen und die vier Jungs hörten verdutzt zu spielen auf.

»Dieser süße, blonde Junge mit den babyblauen Augen«, verkündete Ann, »ist unser talentierter Schlagzeuger Domo. Los, steh auf, Domo, und verbeuge dich.«

Domo erhob sich verlegen und erntete Pfiffe und wilden Applaus.

»Tut mir Leid, Ladies. Ich muss euch leider enttäuschen. Er hat schon eine Freundin!«, erklärte Ann lachend. Ein Mädchen aus der Schule schrie in gespielter Verzweiflung laut auf. Domo starrte Ann fassungslos an und setzte sich wieder.

Dann ging Ann zu Mick weiter und verkündete, dass auch er eine Freundin habe und die Beziehung für die Ewigkeit sei. Mick fand das total witzig und bog sich vor Lachen. »Aber ich bin trotzdem noch offen für alle Angebote«, brüllte er über den Lärm hinweg. Cathy schleuderte einen Bierdeckel auf die Bühne, der ihn mitten im Gesicht traf, und das Lachen im Publikum wurde noch lauter.

»Und dieser sexy, männliche Typ hier …«, begann Ann und trat an den Bühnenrand. Joey wollte sich gerade verbeugen, als er bemerkte, dass sie auf Trev deutete.

»Hey«, brüllte Stephen, ein Nachbar von Mick. »Boland dachte, du hättest ihn gemeint!«

Joey errötete heftig, während die ganze Zuhörerschaft johlte und grölte.

»Stimmt doch gar nicht«, behauptete er energisch. »Red keinen Scheiß, Steve.«

Ann grinste ihn an und wandte sich an das Publikum: »Okay, wer von euch findet, dass auch Joey ein sexy Typ ist?«

Aus der Menge ertönten jede Menge Buhrufe.

Mick, Trev und Domo lachten Tränen. Joey verzog das Gesicht zu einem gequälten Grinsen und verbeugte sich trotzdem. Dann begann er die Saiten seiner Gitarre zu zupfen. Es war das Intro zu »Crazy Illusions«, einem Lied, das er für das Demoband geschrieben hatte. Ann strahlte ihn an und begann gnädigerweise wieder zu singen und allmählich beruhigte sich die Lage wieder.

Der Barbesitzer, der den Tumult aus dem Nebenzimmer gehört hatte, beschloss sich die Band mal anzuhören. Das Lied gefiel ihm gut, aber noch beeindruckter war er vom bisherigen Getränkekonsum. Er schwor sich, *Livewire* für die darauf folgende Woche wieder zu engagieren.

Er verpasste den Augenblick, als Ann von der Bühne fiel.

Sie war gerade mitten in einer sehr lang gezogenen Interpretation des Liedes »I'll be There for You« von *The Rembrandts,* als sie plötzlich zusammenklappte. Mehrfache Versuche, sie wieder auf die Beine zu stellen, scheiterten kläglich. Sie plumpste einfach wieder auf den Boden und hörte überhaupt nicht mehr auf zu kichern. Dann entschuldigte sie sich für ihren Zustand mit der Erklärung, dass der Barmann sie abgefüllt habe. Der grinste nur und zuckte mit den Achseln.

Das Konzert musste unerwartet früh beendet werden. Die Gefahr war einfach zu groß, dass Ann sich noch verletzen würde, wenn sie noch einmal auf die Bühne ging und wieder stürzte. Keiner beschwerte sich. Alle erklärten, sie hätten sich köstlich amüsiert. Joey empfahl allen, gleich am nächsten Tag den Barbesitzer anzurufen und ihn zu fragen, wann diese »umwerfende« Band wieder auftreten würde.

Joeys Empfehlung wurde mit lautem Jubelgeschrei und Aufmunterungsrufen beantwortet.

Schließlich ging Joey mit Ann nach Hause. Sie klammerte sich an seinen Arm und stöhnte: »Oh, Joe, mir ist schlecht.«

Joey versuchte sie taktvoll auf Distanz zu halten. Er wollte auf keinen Fall, dass seine Jacke etwas abbekam.

»Der Gig war wirklich gut, findest du nicht?«, fragte Ann.

Joey grinste sie an. »Ja«, seufzte er. »Absolut genial.«

»Vergiss das mit den anderen.« Ann machte eine wegwerfende Handbewegung. »Ich finde dich sexy.« Dann knickten ihr die Beine ein und Joey zog sie mühsam wieder hoch.

»Was habt ihr denn in diesem Garten verloren!«, rief ihnen ein Mann im Vorbeigehen zu.

Joey grinste ihn freundlich an und richtete seine Aufmerksamkeit wieder auf die betrunkene Sängerin. »Vielen Dank, das baut mich wieder richtig auf. Das habe ich nach diesem Abend wirklich gebraucht.«

»Hmm«, murmelte Ann schläfrig. »Ich hatte schon Angst, ich hätte deine Gefühle verletzt. Oh, Gott, Joe. Es war ein Wahnsinnsabend, findest du nicht?«

»Doch«, bestätigte er zum x-ten Mal. »Es war Wahnsinn.«

11. Kapitel

Joey sah zu der Lehrerin hinüber, die die Prüfungsbögen in Englisch austeilte. Nach ihrer Miene zu urteilen, könnte man glatt meinen, dass sie selbst eine Prüfung ablegen muss, dachte Joey.

»Ihr könnt jetzt das Blatt umdrehen. Viel Glück«, verkündete sie mit todernstem Gesicht.

Joey drehte den Prüfungsbogen um und überflog die Aufsatzthemen. Das erste Thema lautete *Meine Musik*. Er grinste, griff nach seinem Füller und begann zu schreiben.

Mick war schon seit sechs Uhr morgens wach und hatte noch gepaukt. Als er die Aufgaben durchlas, stöhnte er laut auf. Er steckte sich den Füller in den Mund und überlegte, womit er anfangen sollte. Schließlich beschloss er, zuerst den ultralangweiligen Verständnistext zu lesen und die Fragen dazu zu beantworten. Er biss die Zähne zusammen und kritzelte zögernd ein paar Worte aufs Papier.

Die erste Prüfung hatte begonnen.

Um halb zwölf war Joey fertig. Er legte seinen Füller auf den Tisch, verschränkte die Arme vor der Brust und lehnte sich laut seufzend in seinem Stuhl zurück. Ein paar Mitschüler blickten ärgerlich auf. »'tschuldigung«, flüsterte er, woraufhin die Lehrerin eilig zu ihm herüberkam.

»Nicht sprechen«, sagte sie und warf ihm einen strengen Blick durch ihre Brille zu.

»Ich habe mich nur entschuldigt, weil ich so laut geseufzt habe«, protestierte Joey so leise wie nur möglich. »Ich bin sowieso fertig. Kann ich jetzt gehen oder was?«

Sie warf ihm einen mahnenden Blick zu. »Hast du denn deinen Aufsatz noch einmal durchgelesen und auf Schreibfehler überprüft?«

»Hmm.«

»Dann kannst du jetzt gehen, wenn du möchtest.«

Joey schlenderte nach vorne, legte sein Blatt auf das Lehrerpult und trat auf den Flur hinaus.

Draußen warteten zwei ältere Schüler. Sie hatten die Aufgabe, die Prüfungskandidaten mit Tee und Keksen zu versorgen. Es war ein lockerer Job und die Bezahlung war gut. Jedes Jahr gab es ein Riesentheater, wenn es darum ging, wer den Job übernehmen durfte. Normalerweise wurden immer die Schuljahresbesten dafür ausgewählt.

»Hallo, ihr Streber!«, begrüßte Joey die beiden fröhlich.

Sie blickten auf und grinsten. »Hallo, Joe. Wie ist es gelaufen? War's schwer?«, fragte Mary, ein ruhiges und schüchternes Mädchen, das angeblich ein echtes Mathegenie war.

Joey zuckte mit den Schultern. »Ganz gut. Ich meine, in Englisch kann man schlecht durchfallen, immerhin sprechen wir es ja jeden Tag.«

»Die Nachmittagsprüfung ist die schlimmste. Das ist doch die mit dem ganzen Gedichtskram.« Rob, der andere Schüler, verzog gequält das Gesicht.

Joey zuckte mit den Achseln. »Hmm«, machte er nur. Dieses Prüfungsgequatsche langweilte ihn. Im Moment interessierte ihn nur sein Mittagessen.

»Wie wär's mit ein bisschen Tee und Keksen, solange du auf die anderen wartest?«, fragte Mary. »Wir leisten dir auch Gesellschaft, wenn du willst.«

»Gerne«, sagte Joey grinsend. Gegen Essen hatte er nie was einzuwenden.

Sie setzten sich und plauderten und lachten leise, bis die Schulglocke das Ende der Prüfung ankündigte. Die Schüler strömten auf den Flur hinaus.

Mick kam grinsend auf Joe zu. »Das war ja klar, dass du in aller Ruhe hier Tee trinkst, während wir da drin unsere grauen Zellen ausquetschen.«

»Du hättest ja auch rauskommen können, nicht wahr, Mary?«

Sie nickte. »Morgen kannst du auch Tee und Kekse haben«, sagte sie leise.

»Ich glaube, morgen kann ich was ganz anderes gebrauchen als Tee«, erklärte Mick lachend, während er und Joe gemeinsam weggingen.

»Na, wie war's?«

Mick zuckte mit den Achseln. »Ganz gut, schätze ich. Ich glaube, ich bin wenigstens durchgekommen. Und bei dir?«

»Nicht schlecht. Es war ja nicht so schwer, findest du nicht?«

»Wenn du meinst«, gab Mick unsicher zurück. »Aber vor heute Nachmittag habe ich ganz schön Bammel. Hoffentlich kommt nicht Wordsworth dran.«

»Na, wie war's?« Ann gesellte sich zu ihnen. »Wie fandet ihr den Verständnistext?«

»Ganz okay, aber todlangweilig«, antwortete Mick. »Damit habe ich angefangen.«

Joey war froh, als er endlich zu Hause war. Dieses ganze Gerede um die Prüfungen ödete ihn wirklich an.

Dee war in der Küche und trällerte laut zu einem Lied im Radio mit.

»Aua!« Joey hielt sich grinsend die Ohren zu.

Sie fuhr überrascht herum und errötete. »Sei bloß still«, erwiderte sie lachend. »Stell dir vor, ich habe heute eine Gehaltserhöhung bekommen!«

»Echt? Genial!« Joey warf seine Jacke auf einen Stuhl.

»Wie ist es gelaufen?«, fragte Dee.

»Ich glaub, ganz gut. Ich hatte Glück mit den Themen.«

»Das ist ja mal wieder typisch, du Glückspilz. Wo du so wenig für die Prüfungen gemacht hast!«

Joey lachte, während Dee Wasser aufsetzte.

Sie ließ sich wieder auf den Küchenstuhl fallen. »Wie wär's, wenn du deiner älteren Schwester zur Feier des Tages was zum Mittagessen machen würdest?«

»Na hör mal, eigentlich müsstest du mich verwöhnen«, erwiderte Joey und holte ein paar Eier aus dem Kühlschrank. »Wer hat denn gerade eine anstrengende Prüfung hinter sich gebracht?«

Dee kicherte. »Von wegen.« Sie beobachtete, wie ihr Bruder die Eier aufschlug, um ein Omelette zu machen. Ein Teil der Eierschalen landete in der Pfanne und er fluchte laut.

»Joe?«, sagte sie zögernd.

»Mmm.«

»Wann redest du endlich mit Dad?«

»Ach, Dee«, stöhnte er. »Nicht das schon wieder.«

»Wann, Joe?«, wiederholte sie hartnäckig.

»Komm, lass es«, erwiderte er grinsend. »Entspann dich lieber.«

»Wie soll ich mich entspannen?«, rief Dee. »Die Spannung in diesem Haus ist unerträglich. Dad tut es wirklich Leid, dass er dich geschlagen hat. Das weißt du ganz genau.«

»Pass mal auf«, erwiderte Joey. »Wenn ich nicht mit ihm rede, dann kann ich auch nicht mit ihm streiten.«

Das sagte er so liebenswürdig, dass Dee unwillkürlich lächeln musste. »Red keinen Blödsinn, Joe.«

Joeys Grinsen erstarb und er sagte ernst: »Ich tue, was ich will. Ich mache Musik, und wenn ihm das nicht gefällt, dann kann ich ihm auch nicht helfen.«

»Er denkt, dass das mit der Musik keine Zukunft hat.«

»Versteh mich nicht falsch, Dee. Aber wie sieht es denn mit der Zukunft von Ärzten oder Juristen oder Lokführern oder was auch immer aus? Im Moment gibt es doch nirgends Jobs.«

Allmählich wurde er wütend. Dee beschloss, die Diskussion lieber abzubrechen. Sie wollte ihm schließlich nicht die bevorstehende Prüfung am Nachmittag vermasseln. »Touché«, erklärte sie grinsend.

»Joe, die Eier brennen an! Schnell, nimm die Pfanne vom Herd!«

Schließlich gab es Toast zum Mittagessen. Joey aß alles auf bis auf das Endstück. Das ließ er für Chris übrig, damit sie am Abend keinen Anfall bekam, wenn überhaupt kein Brot mehr im Haus war.

An diesem Abend kam Joe erst spät nach Hause. Er war noch mit zu Mick gegangen und hatte ihm ein paar letzte Tipps für die Matheklausur am nächsten Tag gegeben.

»Na, wie war's?«, fragte Chris.

»Okay.«

»Was soll das heißen, ›okay‹?«, fragte sie. »Heißt das gut oder was?«

»Es heißt okay, das ist alles!« Joey grinste.

»Wenn das dein ganzer Wortschatz ist, dann sehe ich schwarz für deine Englischprüfung«, brummte Mr. Boland.

Joeys Grinsen erstarb. Aber das war auch die einzige Reaktion auf die Tatsache, dass sein Vater etwas gesagt hatte. »Was für kulinarische Köstlichkeiten hast du denn für mich zum Abendessen gezaubert, Schwesterlein?«, fragte er Chris, während er sich Teller und Besteck aus dem Schrank holte.

»Ich hätte gute Lust gehabt, dir überhaupt nichts zu kochen, als ich gemerkt hab, dass überhaupt kein Brot mehr im Haus ist«, sagte Chris vorwurfsvoll.

»Warum? Wolltest du Brotauflauf machen oder was?«

Chris kicherte. »Klugscheißer. Aber wehe, du futterst noch mal alles weg!«

»Das war wirklich keine Absicht. Dummerweise ist uns das Mittagessen angebrannt.«

»*Uns* ist gut«, rief Dee. »*Dir* ist das Essen angebrannt, Kleiner, nicht *mir*!«

Mr. Boland stand langsam vom Tisch auf. »Es gibt wohl nicht viel, was du kannst, was, Joe?«

Joey schnitt eine Grimasse hinter seinem Rücken und machte sich heißhungrig über sein Abendessen her. Als sein Vater hinausgegangen war, nickte er in Richtung Tür. »Liegt es an mir oder ist er mal wieder schlecht drauf?«

»Es liegt an dir«, erklärten seine Schwestern.

12. Kapitel

Eine Woche nach Ende der Abschlussprüfungen stand *Livewire* vor der *National Concert Hall* im Süden Dublins, um die zweite Runde des Musikwettbewerbs anzutreten.

»Ihr müsst *Livewire* sein.« Es war eher eine Feststellung als eine Frage. Die fünf nickten. »Folgt mir«, sagte die schrillste Frau, die sie jemals in ihrem Leben gesehen hatten: rosa Haare, rosa Make-up, rosa Klamotten. Selbst Ann verblasste neben ihr.

»Rosa ist wohl Ihre Lieblingsfarbe, was?«, rutschte es Mick heraus.

Zu seiner Überraschung lächelte die Frau amüsiert und meinte verschmitzt: »Von wegen. Ich kann die Farbe nicht ausstehen!« Die anderen grinsten, selbst Ann, die vor lauter Aufregung kalkweiß im Gesicht war.

Die Frau führte sie auf eine große Bühne und wedelte mit den Armen in der Luft. »Okay, hier wären wir. Lasst euch ruhig Zeit. Wir warten auf der anderen Seite des Vorhangs auf euch.« Sie demonstrierte ihnen kurz, wie man den Vorhang öffnete.

Als sie verschwunden war, schwiegen alle betreten. »Mensch, Mick«, sagte Trev und wirbelte herum. »Die Frau gehört zur Jury und dir fällt nichts Besseres ein, als dich über ihren Kleidergeschmack auszulassen. Das fängt ja gut an!«

Mick zuckte hilflos mit den Achseln. »Woher soll ich denn wissen, dass sie zur Jury gehört?« Er widmete sich schuldbewusst dem Keyboard, das ihnen zur Verfügung gestellt wurde. Es war ganz ähnlich wie sein eigenes.

Aber Trev ließ sich nicht so leicht abwimmeln. Er meckerte weiter an Mick herum, bis Joey ihn aufforderte, endlich die Klappe zu halten. Trev blickte Joey mit zusammengekniffenen Augen an und wollte gerade eine bissige Bemerkung loslassen, als eine Stimme hinter dem Vorhang ertönte. »Seid ihr fertig?«

»Kleinen Moment noch«, rief Ann, froh über die Ablenkung. Sie wandte sich an die beiden Streithähne und zischte: »Hört endlich auf, euch zu streiten, und reißt euch gefälligst zusammen! Wollt ihr gewinnen oder nicht?«

Die beiden wandten sich gehorsam ihren Gitarren zu und begannen sie zu stimmen. Joey grinste Ann an und nickte anerkennend. Sie war einfach unschlagbar, wenn sie Trev herumkommandierte. Trev widersprach ihr nie.

Als sie schließlich so weit waren, zog Ann den Vorhang zurück, hinter dem drei Jurymitglieder auf sie warteten: zwei Männer und die rosafarbene Lady.

»Also«, sagte der ältere Mann und beugte sich zu ihnen nach vorne. »Spielt irgendeinen Song von eurem Demotape. Ich nehme an, ihr habt euch schon einen ausgesucht?«

»Ja, er heißt ›Crazy Illusions‹«, antwortete Trev.

Der Besitzer des *Coach House* mochte dieses Lied besonders und bestand darauf, dass sie es bei allen Auftritten zum Besten gaben.

Sie begannen zu spielen. Anns Gesicht bekam langsam wieder Farbe, als sie anfing zu singen. Die Jurymitglieder hatten sich eifrig Notizen gemacht, bis sie ihre Stimme hörten. Sie blickten gleichzeitig auf und beobachteten Ann aufmerksam. Als der Song zu Ende war, erklärte die rosa Lady lächelnd: »In ein paar Monaten bekommt ihr Bescheid. Die Endausscheidung ist Ende Oktober und wird im Fernsehen gesendet. Ihr braucht dann drei eigene Songs. Also macht euch schon mal an die Arbeit, für den Fall, dass es klappt.«

»Wie viele Bands kommen denn weiter?«, fragte Mick.

»Acht.«

»Und wie viele Bands singen vor?«, hakte Mick

weiter nach. Trev piekste ihn in den Rücken, um ihn zum Schweigen zu bringen. Aber das machte ihn nur noch entschlossener.

»Ungefähr fünfhundert.«

Die fünf auf der Bühne schnappten überrascht nach Luft und die Frau lachte belustigt. »Wisst ihr, es gibt eine Menge Bands da draußen!«

Niedergeschlagen verließen sie die Konzerthalle.

»Fünfhundert Bands«, stöhnte Ann. »Unsere Chancen sind gleich null.«

»Wie nett von dir.« Joey tat beleidigt. »Ich habe den Song geschrieben und du hast ihn gesungen. Du scheinst ja großes Vertrauen in unsere Fähigkeiten zu haben.«

»So war das nicht gemeint«, protestierte Ann.

»Sie hat Recht«, sagte Domo leise. »Es wird ganz schön hart.«

»Nicht, wenn man so gut ist wie wir.« Trev versuchte zuversichtlich zu klingen. Auch ihm war vor Schreck die Luft weggeblieben. Warum hatte Mick überhaupt diese dämliche Frage gestellt?

»Ich habe gesehen, wie der eine Typ interessiert hochgeschaut hat, als Joe sein Gitarrensolo gespielt hat«, erklärte Mick.

»Echt?«, fragte Joey.

»Ja.«

»Hat er irgendwie beeindruckt ausgesehen oder so?«

»Ähm ... ja.«

»Wie hat er denn genau ausgesehen?«, wollte Joey wissen.

»Also, ungefähr um die vierzig, grauer Anzug. Seine Augenfarbe konnte ich leider nicht erkennen …«

»Sehr witzig.«

Joey stürzte sich auf Mick und die beiden begannen lachend miteinander zu ringen. Ann und Domo grinsten. Trev meinte nur, sie sollten endlich erwachsen werden. Aber sie ignorierten die Bemerkung einfach und jagten sich gegenseitig weiter. Als sie am Ende der Grafton Street angelangt waren, warteten sie auf die anderen.

»Wir wollen noch zu *McDonald's* und holen uns einen Hamburger«, sagte Mick. »Wer kommt mit?«

Ann und Domo nickten bereitwillig.

Trev erklärte, er müsse noch zum Merrion Square und sich ein paar Karten für ein Fußballspiel besorgen.

Die vier anderen gingen zu *McDonald's* und stopften sich mit Big Macs voll. Sie analysierten ungefähr eine Stunde lang ihren Auftritt und kamen schließlich zu dem Schluss, dass sie ihr Bestes gegeben hatten.

Allmählich wurde es Zeit zu gehen. Mick blickte schon die ganze Zeit nervös auf die Uhr. »Hört mal, ich muss jetzt unbedingt weg. Ich muss noch zum Einkaufen in die Stadt.«

Joey starrte ihn entgeistert an. »Was? Du hasst doch Einkaufen. Suchst du was Bestimmtes?«

»Nö, nö«, erklärte Mick betont gleichgültig.

Joey wusste, dass er ihnen etwas verheimlichte. »Was soll dann dieser plötzliche Großeinkauf?«

»Von einem Großeinkauf war überhaupt nie die

Rede«, protestierte Mick schwach und verfluchte Joey innerlich.

»Dann sag schon. Was willst du dir kaufen?«

»Das geht dich überhaupt nichts an«, knurrte Mick.

»Oh-oh.« Joey grinste.

»Ein Geburtstagsgeschenk für Cathy, wenn du's unbedingt wissen willst«, brach es aus Mick heraus.

»Das ist ja nett. Was kaufst du ihr denn?« Ann war beeindruckt.

Er zuckte mit den Achseln. »Keine Ahnung. Wahrscheinlich Schmuck oder so.«

Ann bot ihm an, ihn zu begleiten und ihm beim Aussuchen zu helfen. Er sah sie misstrauisch an und sagte dann so taktvoll wie nur möglich: »Ganz normalen Schmuck, Ann.«

Sie lachte und nickte. »Schon klar. Komm, wir gehen.« Sie zog ihn von seinem Stuhl hoch und fragte, wer noch mitkommen wolle.

»Hey, als Gruppenausflug war das eigentlich nicht gedacht«, protestierte Mick völlig überrumpelt.

»Los geht's«, erklärte Joey und zwinkerte Ann zu. »Wo fangen wir an?«

Mick fluchte leise, aber Domo und Joe taten einfach so, als bemerkten sie nichts, und schoben ihren Freund auf die Straße hinaus.

13. Kapitel

Ein grauer und feuchter Augustmorgen brach an. Joeys Wecker klingelte um neun Uhr. Er stöhnte und tastete mit geschlossenen Augen über den Tisch, der neben seinem Bett stand, erwischte aber nur Kassetten, CDs und *Hot Press*-Ausgaben, die krachend auf den Boden fielen. Joey zog sich das Kissen über den Kopf, um dem nervtötenden Klingeln zu entrinnen, aber vergebens.

Der verdammte Wecker stand neben der Tür. Es half nichts, er musste aufstehen, um ihn abzuwürgen. Er hatte ihn am vergangenen Abend extra dorthin gestellt, um sich dazu zu zwingen, aufzustehen und ein paar Songs zu schreiben. Trev war nämlich total ausgerastet, als Joe ihm mal wieder erklärt hatte, dass er bis jetzt nichts Neues mehr zu Stande gebracht hatte. »Meine Muse hat mich eben verlassen«, hatte Joey grinsend erklärt. Vier Augenpaare hatten ihn entsetzt angeblickt. Keiner von ihnen hatte die Bemerkung witzig gefunden. Domo hatte irgendeine altkluge Bemerkung gemacht. Ann, die normalerweise über Joeys Ausreden lachte, hatte sich diesmal auch auf Trevs Seite geschlagen. Und Mick hatte angeboten, Joe zu helfen, was dieser höflich, aber bestimmt abgelehnt hatte. Er schrieb seine Lieder lieber allein. Von ihm aus konnten die anderen ruhig Änderungsvorschläge machen, wenn ein Song fertig war, aber dann waren es immer noch seine Lieder.

Er stellte den Wecker ab, schlüpfte in eine alte Jeans und ein T-Shirt, schlurfte in die Küche und kehrte mit einer Schale Cornflakes in sein Zimmer zurück. Er öffnete eine Schublade an seinem Schreibtisch und zog einen Stapel Blätter hervor: lauter Melodien, die er irgendwann mal geschrieben hatte. Ein paar Texte waren auch dabei. Joey blätterte die Notizen sorgfältig durch, bis er auf ein paar kaum lesbare Noten auf einem schmutzigen und zerknitterten Stück Papier stieß. Mit leuchtenden Augen überflog er die Seite: perfekt! Keine andere Band würde etwas Vergleichbares haben. Vorausgesetzt natürlich, *Livewire* kam überhaupt so weit. Joe erinnerte sich sogar noch daran, wann er den Song geschrieben hatte. Sie hatten gerade *Kublai Khan* in Englisch durchgenommen. Es war das einzige Gedicht, das Joey je wirklich angesprochen hatte. Während der Lehrer die Verse mit ihnen durchgegangen war, hatte er ein paar Noten hingekritzelt. Er hatte es immer mal zu Ende schreiben wollen, aber es dann wohl vergessen.

Das Englischbuch musste irgendwo in seinem Wandschrank liegen. Da hatte er es jedenfalls nach den Prüfungen hineingeworfen. Er war sich zwar ziemlich sicher, dass er sich noch an den Wortlaut des Gedichtes erinnerte, aber er wollte lieber auf Nummer sicher gehen und durchwühlte das Chaos in seinem Schrank, bis er schließlich fündig wurde. Dann schlug er die betreffende Seite auf und begann sich Notizen zu machen. Er konnte die Musik in seinem Kopf hören: das rhythmische Schlagen des Schlagzeugs, das den Krieg ankündigte. Das Gitarrensolo mit den hohen und tiefen Akkorden mit den leiseren Klängen am Ende symbolisierte den Kampf, so ähnlich wie bei Chris de Burghs »Crusader«. Joe zerteilte und veränderte das Gedicht so, dass es zur Musik passte, jedoch seine Form und Aussagekraft nie verlor.

Vier Stunden später war er fertig und sehr zufrieden mit sich. Er konnte es kaum erwarten, den anderen das Lied am nächsten Tag bei der Probe zu zeigen.

In seinem Kopf brummte es vor lauter Versen und Melodien. Es dauerte nicht lange und ihm kam der nächste Einfall. Um vier Uhr nachmittags war er schließlich mit dem Komponieren fertig. Sein Magen knurrte und ihm fiel überrascht ein, dass er gar nichts zu Mittag gegessen hatte. Er beschloss, nach unten zu gehen und nachzusehen, was er in der Küche auftreiben konnte. Er fand eine Tüte Chips, goss sich ein Glas Saft ein und schlenderte damit ins Wohnzimmer. Chris schaute sich irgendeinen albernen Film im Fernsehen an. Ein Päckchen Papiertaschentücher lag neben ihr auf dem Sofa. Joey hielt ihr die Chipstüte hin und sie griff gierig zu. »Hast wohl Hunger, was?«, meinte er lachend.

Chris nickte grinsend. Dann warf sie einen angewiderten Blick auf seinen Aufzug. »Du solltest dir zum Abendessen lieber was Anständiges anziehen.«

»Warum denn?«

»Weil Irene heute zum Abendessen kommt und Dad will, dass wir alle da sind.«

Joey schwieg. Er hatte gehofft, dass Irene wieder aus ihrer aller Leben verschwinden würde, aber bis jetzt konnte davon keine Rede sein. Er überlegte kurz, wie er sich vor dem Familienessen drücken könnte. Zu Mick konnte er nicht, der war nicht zu Hause. An die Frittenbude zu gehen, konnte er sich nicht leisten und er sah auch nicht ein, dass er ganz aufs Abendessen verzichten sollte, nur um seinem Vater eins auszuwischen. Also beschloss er, die Angelegenheit einfach auszusitzen und seinen Alten samt seiner Freundin nicht weiter zu beachten. Umziehen würde er sich für die beiden jedenfalls nicht. Sie würden ihn schon so nehmen müssen, wie er war.

Um sechs Uhr setzten sich die Bolands plus Irene zu einer viel versprechenden Mahlzeit an den Tisch.

»Joe!«, rief Dee. »Abendessen!«

Alle blickten entsetzt auf, als er plötzlich in der Terrassentür erschien. Wie er aussah! Seine Jeans starrten vor Schmutz, sein Hemd war zerrissen, Gesicht und Hände waren dreckverschmiert.

»Ich habe gerade ein bisschen im Garten gearbeitet. Soll ich mich noch schnell umziehen?«, fragte er scheinheilig, obwohl er genau wusste, dass dazu keine Zeit mehr war.

»Seit wann interessierst du dich denn für Gartenarbeit?«, fragte Dee mit hochgezogenen Augenbrauen und musterte ihn entgeistert.

»Seit heute Nachmittag.« Er blickte seinen verräterischen Schwestern angriffslustig ins Gesicht.

Chris warf ihm einen vernichtenden Blick zu, den er jedoch an sich abprallen ließ.

»Geh und wasch dir wenigstens die Hände«, knurrte sein Vater.

Joey wischte sich genussvoll die Hände an der Hose ab und ließ seine Erscheinung noch einmal auf die am Tisch Versammelten wirken. Dann verließ er die Küche.

Mr. Boland wandte sich an Irene: »Ignorier ihn einfach. Das tut er nur, um mich zu ärgern.«

Irene hatte eine Flasche Wein mitgebracht und alle tranken ein Glas mit – außer Joey, der mit einem knappen »Nein« abgelehnt hatte.

Chris beendete das darauffolgende unbehagliche Schweigen mit der Bemerkung: »Ich bin froh, dass du mit dem Trinken aufgehört hast, Joe.« Dann plapperte sie weiter, ohne seine Antwort abzuwarten.

Joey aß schweigend, ohne sich an dem Geplänkel und an den Geschichten zu beteiligen, die am Tisch erzählt wurden. Er ertappte seinen Vater dabei, wie er ihn missbilligend anblickte, und starrte so unverfroren zurück, wie er nur konnte.

Nach dem Tee platzte dann die Bombe.

Joey beobachtete entsetzt, wie sein Vater den Arm um Irene legte und sie sanft an sich zog. Sie lächelte nervös, blickte Joey unsicher an und schüttelte sachte den Kopf. Sein Vater drückte ihre Schulter erneut und stand auf.

»Ich möchte euch dreien heute etwas sagen.«

Chris und Dee blickten ihn neugierig an. Joey wurde übel. Er ahnte schon, was jetzt kommen würde.

»Irene und ich wollen uns verloben.« Mr. Boland errötete und lächelte seine zukünftige Braut an.

Sie griff nach seiner Hand und blickte die drei an. »Ich weiß , das ist jetzt ein Schock für euch«, sagte sie sanft. »Aber wir lieben uns und möchten gerne zusammen leben. Ich bin mir sicher, dass ihr möchtet, dass euer Vater glücklich ist.«

»Natürlich.« Chris sprang auf und fiel ihrem Vater um den Hals. »Ich freue mich ja so für dich, Dad. Ich bin so froh, dass du wieder glücklich sein kannst.« Dann umarmte sie auch Irene.

Dee lächelte. »Ich bin wirklich dankbar, dass er jemanden wie dich gefunden hat, Irene. Du ähnelst Ma sehr.«

»Überhaupt nicht!«, schrie Joey. »Wie kannst du nur so was sagen. Sie ist überhaupt nicht wie Ma und sie wird sie auch niemals ersetzen!« Er starrte Irene an und schnaubte: »Sie werden sie niemals ersetzen!« Dann wandte er sich an seine Schwestern und starrte sie wütend und verletzt an. Seine Stimme zitterte. »Wie könnt ihr euch nur so freuen? Es ist nicht richtig. Was ist mit Ma? Was ist mit ihr, hä?« Der letzte Satz galt seinem Vater. Seine Stimme überschlug sich beinahe. »Wie kannst du sie nur vergessen? Sie war unsere Mutter!«

Sein Vater starrte auf die Tischplatte und legte schützend den Arm um Irene. Sie war bleich geworden und schien kurz davor, in Tränen auszubrechen. Dee und Chris waren schockiert über Joeys Gefühlsausbruch.

Joey nahm ein Weinglas in die Hand und prostete ihnen spöttisch zu. »Einen wunderschönen Abend wünsche ich noch.« Dann drehte er sich auf dem Absatz um und verließ das Haus. Die Tür fiel krachend hinter ihm ins Schloss.

Draußen übergab er sich in den Rosenbusch.

14. Kapitel

Die beiden vergangenen Wochen waren die reine Hölle gewesen. Dee und Chris sprachen kaum noch mit ihm. Sein Vater und Irene hatten sich schrecklich gestritten. Als Joe in jener Nacht zurückgekommen war, hatten sie sich gegenseitig angeschrien. Irene hatte ihrem zukünftigen Mann vorgeworfen, er hätte seinen Kindern die Neuigkeiten anders mitteilen sollen, woraufhin der zurückgebrüllt hatte, dass Joeys Reaktion sowieso nicht anders ausgefallen wäre, ganz egal, wie er es auch angestellt hätte. Da muss ich ihm ausnahmsweise einmal Recht geben, dachte Joey.

Er hatte Mick beim Mittagessen davon erzählt.

»Mein Vater will wieder heiraten.« So, jetzt war es raus.

Mick schluckte. Er blickte seinem besten Freund ins Gesicht. Was sollte er jetzt sagen? »Diese ... wie heißt sie noch, Irene?«

Joe nickte verzweifelt.

»Tut mir echt Leid, Joe. Ich weiß, wie du dich jetzt

fühlst. Ich finde zwar, dass dein Vater sein eigenes Leben und alles haben muss, aber ich würde auch den Hass kriegen, wenn mein Vater eine neue Frau heiraten würde.«

Joey zuckte mit den Schultern. »Danke, dass du das sagst, Mick.«

»Gern geschehen.«

Aber es sollte noch schlimmer kommen. Die Ergebnisse der Abschlussprüfung waren da. Joey wollte Mick auf dem Weg zur Schule abholen. Dee begegnete ihm, als er gerade zur Tür wollte. Sie lächelte zaghaft. »Viel Glück, Joe.«

Er lächelte ihr dankbar zu. Wenigstens *eine* Person im Haus sprach wieder mit ihm. »Du wirst die Neuigkeiten als Erste erfahren, Schwesterherz.«

Mick erwartete ihn ungeduldig. Er war hypernervös und Joey hatte ein schlechtes Gewissen, weil er sich selbst kein bisschen Sorgen machte. Um Mick nicht noch mehr aufzuregen, tat er so, als machte auch er sich Sorgen.

Als sie an der Schule ankamen, wimmelte es nur so vor Leuten. Überall brachen Mitschüler von Joe und Mick beim Öffnen der kleinen, braunen Umschläge in Tränen oder in Jubel aus.

Mick und Joey gingen zum Sekretariat. Dort wartete bereits eine Schlange von Schülern, die sich aber schnell vorwärts bewegte. Endlich war Mick an der Reihe. Die Sekretärin überreichte ihm seinen Umschlag und sagte: »Hoffentlich entspricht das Ergebnis deinen Wünschen.« Er dankte ihr und flüchtete aus dem Zimmer.

Joey starrte Mick nach, um zu sehen, wo er hinrannte. »Name?«, bellte die Sekretärin.

»Joseph Boland«, antwortete er.

Sie suchte die Umschläge durch und streckte ihm schließlich sein Kuvert entgegen. »Wie man hört, hast du ganz gut abgeschnitten.«

Joey wusste nicht, ob das ironisch oder ernst gemeint war. Er grinste sie an, stopfte sich den Umschlag in die Jackentasche und machte sich auf die Suche nach Mick.

Er fand ihn fieberhaft rechnend gegen die Wand der Turnhalle gelehnt. »Ich glaube, mir fehlen zehn Punkte, Joe«, stöhnte er. »Zumindest nach dem letztjährigen Stand der Aufnahmevoraussetzung fürs College. So ein verdammter Mist!«

Joey griff nach Micks Zeugnis und zählte die Punkte selbst zusammen. »Du hast dreihundertundfünfzig Punkte«, verkündete er.

Mick nickte. »Sag ich doch. Zehn Punkte zu wenig.«

»Du kommst bestimmt im Nachrückverfahren rein«, antwortete Joey zuversichtlich. »Dee hatte für ihren Studiengang auch viel zu wenig Punkte und hat es trotzdem geschafft. Bleib cool.«

»Du hast leicht reden. Dir kann das ja alles scheißegal sein.«

»'tschuldigung«, erwiderte Joey und hob abwehrend die Hände. »Ich wollte dich nur aufmuntern.«

Mick nickte. »Ich weiß. Wie hast du denn abgeschnitten?«

Sie gingen in Richtung Schultor.

»Keine Ahnung.« Joey durchwühlte seine Taschen nach dem Umschlag, während Mick ein Grinsen unterdrückte. Typisch Joe!

Joey riss den Umschlag auf, überflog die Resultate und stopfte sie dann wieder in seine Jacke zurück. »Ganz okay«, sagte er.

»Wie? Darf ich vielleicht auch mal einen Blick darauf werfen?«, fragte Mick verdutzt.

»Ach, wozu denn? Wieso interessiert dich das denn so genau?« Er wich dem Blick seines Freundes aus.

»Du bist doch nicht etwa durchgefallen, oder?« Micks Stimme klang besorgt.

Joey grinste. »Ach Quatsch. Alles paletti.«

»Sag mal, das kann doch wohl nicht wahr sein! Ich habe dir meine Ergebnisse doch auch gezeigt! Du bist doch sonst nicht so, Joe.«

Joey seufzte. Er hatte gehofft, dass Mick die Sache auf sich beruhen lassen würde, aber da hatte er sich offensichtlich getäuscht. »Hier.« Er drückte seinem Freund das Blatt mit den Resultaten in die Hand.

Mick öffnete das zerknitterte Papier und riss überrascht die Augen auf. »Großer Gott, Joe!«

Joe zuckte mit den Schultern.

»Das ist ja Wahnsinn! Vier glatte Einsen, zweimal Eins minus und eine Zwei plus. Wie hättest du erst abgeschnitten, wenn du richtig gelernt hättest!«

»Keine Ahnung.«

»Mit dem Zeugnis kannst du alles studieren, was du willst.« Mick blickte seinen Freund neidisch an.

»Na und, ich will aber nicht aufs College. Ich habe die Schnauze gestrichen voll von Schule. Das kannst du dir abschminken, Mick.« Er nahm das Papier wieder an sich. »Ich fühle mich echt beschissen. Ich habe die Noten, die du so gut gebrauchen könntest.«

Mick lachte. »Red doch keinen Schwachsinn. Wenn du mir nicht geholfen hättest, wäre ich in Mathe garantiert durchgefallen. Ganz schöner Unterschied zu den Ergebnissen des Testlaufs, was?«

»Gehen wir heute Abend zur Feier des Tages was trinken?«, versuchte Joey das Thema zu wechseln.

Mick grinste. »Na logo. Wir treffen uns alle an der Schule. Und dann entscheiden wir, wo wir hingehen. Cathy kommt vielleicht auch mit. Aber soweit ich weiß, wollte ihre Clique heute Abend auch irgendwas unternehmen. Komm auf jeden Fall vorher bei mir vorbei, okay?«

»Klar.«

Es war drei Uhr, als Joey schließlich zu Hause eintrudelte. Er hatte unterwegs noch bei ein paar Freunden vorbeigeschaut und war dort hängen geblieben.

Kaum hatte er die Auffahrt betreten, riss Dee die Haustür auf. Chris stand direkt hinter ihr.

»Hattest du etwa Angst, nach Hause zu kommen?«, fragte sie besorgt.

»Wir dachten schon, du hättest irgendwelche Dummheiten gemacht.« Chris war den Tränen nahe.

Joey grinste sie schuldbewusst an. Er hatte seine Rückkehr absichtlich hinausgezögert, weil er wusste, dass die beiden vor Neugier platzen würden. Er hatte sie ein bisschen schmoren lassen wollen, um sie für die letzten beiden Wochen zu bestrafen.

»Ach was, alles bestens«, erklärte er und betrat die Küche. Sein Vater wartete bereits auf ihn. Er musste extra früher nach Hause gekommen sein.

Mr. Boland atmete beim Anblick seines Sohnes heimlich auf. Er hatte sich ernstlich Sorgen gemacht, dass Joey endgültig durchgedreht und seine Gleichgültigkeit nur Fassade gewesen war.

»Also, wie ist es gelaufen?«, fragte Dee.

Mr. Boland versuchte eine unbeteiligte Miene aufzusetzen.

Joey zog die Ergebnisse aus der Tasche und reichte sie seiner älterer Schwester. Als sie die Noten überflog, schrie sie laut auf. Sie schlang ihrem Bruder die Arme um den Hals und wirbelte ihn in der Küche herum. »Das sind ja Supernoten, Joe. Echt Wahnsinn!«

Chris ließ sich ungläubig auf einen Stuhl fallen und murmelte unaufhörlich: »Wie hast du das nur gemacht, Joe?«

»Wie lange wollt ihr mich denn noch auf die Folter spannen?«, unterbrach Mr. Boland die ausgelassene Stimmung.

Joeys Lächeln erstarb, als Dee seinem Vater das Zeugnis reichte. Niemand sprach ein Wort.

Mr. Boland blinzelte ungläubig. Wie hatte Joe das nur angestellt? Er hatte doch keinen Finger gerührt!

»Ganz schön gut, was Dad?«, sagte Dee und schluckte.

»Ähm ... allerdings«, stammelte Mr. Boland. Er blickte zu seinem Sohn auf, der seine übliche Trotzhaltung eingenommen hatte: zusammengekniffene Augen und tief in den Hosentaschen vergrabene Hände. »Gut gemacht, Joe«, sagte er und man hörte ihm an, dass er es ehrlich meinte. »Ich bin froh, dass du doch noch zur Vernunft gekommen bist. Mit diesen Noten kannst du alles machen, was du willst.«

Joey blinzelte und biss sich auf die Lippe. »Stimmt genau, Dad. Ich werde Musik schreiben.«

Dee schaute ihren Vater an. Er sah aus, als würde er jeden Moment einen Herzanfall bekommen! »Da macht er einen phantastischen Schulabschluss«, brüllte er plötzlich los und starrte seine beiden Töchter an, »und dann wirft er ihn einfach weg!«

Er schluckte und ließ sich auf einen Stuhl fallen. »Herrgott noch mal«, fügte er leiser hinzu. »Wann wachst du endlich auf, Joe?«

Joey trat zu ihm und sagte leise: »Nein, Dad. Wann wachst *du* endlich auf? Ich will Musik machen. Und Lieder komponieren. Es ist *mein* verdammtes Leben und nicht deins!«

»Aber die Musik bietet dir doch überhaupt keine Sicherheit für die Zukunft. Deshalb will ich doch, dass du studierst. Aber du bist bloß zu dumm und zu faul, um das zu kapieren! Du bist ein Faulenzer! Alles, was du kannst, ist alberne Lieder schreiben, die kein Mensch hören will. Dabei weiß doch jedes Kind, was das für kaputte Typen sind, die in der Musikbranche landen!«

»Dad!«, rief Chris entsetzt.

Joey blickte seinen Vater verzweifelt an. »Danke, Dad. Vielen Dank!« Er packte sein Abschlusszeugnis und zerriss es wütend in der Luft. »Siehst du, so viel bedeutet das für mich.« Damit stürmte er aus der Küche.

Dee blickte ihren Vater vorwurfsvoll an und flüsterte: »Das war ein Schlag unter die Gürtellinie, Dad. Das war nicht fair von dir.«

»Dieser Junge raubt mir noch den Verstand«, stieß Mr. Boland zwischen den Zähnen hervor. »Womit habe ich das nur verdient?«

15. Kapitel

Sie gingen in den *Club Sarah*. Cathy hatte doch noch beschlossen, Mick zu begleiten. Trev und Domo wollten sich den Spaß nicht entgehen lassen und kamen auch mit und so holte Trev alle mit dem Auto ab. Ann wollte mit ein paar anderen Leuten in den Club kommen und die Band dort treffen.

Nach einer halben Stunde Fahrt erreichten sie die Diskothek. Die Schlange vor der Tür war so lang, dass man hätte meinen können, sämtliche Schulabgänger der Stadt hätten beschlossen, heute dorthin zu gehen.

Ann entdeckte Mick und kam zu ihnen. »Hi, wie

geht's?«, begrüßte sie die Jungs lächelnd. Wieder ging das Gerede von den Prüfungen los. Joey verdrehte gelangweilt die Augen, bis Ann ihm einen Stoß in die Rippen versetzte. »Ich habe gehört, du hat phantastisch abgeschnitten, du alter Streber.«

Er zuckte mit den Schultern. »Ich hatte meine Gründe.«

Er lächelte ihr zu und sie berührte ihn am Arm und sagte leise: »Das hast du gut gemacht.« Seit jenem Tag im Park waren sie wirklich gute Freunde.

»Setzt du dich mit deinen Freunden zu uns?«, fragte Cathy Ann. »Weißt du, ich kenne nämlich überhaupt niemanden hier.«

»Klar«, antwortete Ann. »Ich hole nur schnell die anderen.«

Die Disko war brechend voll. Sie hatten Glück, dass sie überhaupt noch einen freien Tisch fanden. Sie ergatterten mühsam ein paar zusätzliche Stühle und schließlich drängten sich zehn Leute um einen Tisch. Cathy war froh, dass Ann sich zu ihnen gesetzt hatte. Sie bezog Micks Freundin wenigstens in die Unterhaltung mit ein und stellte sie allen vor. Auf diesen Gedanken wäre Mick niemals von selbst gekommen.

Später waren alle auf der Tanzfläche – alle außer Ann und Joey.

»Was hat denn dein Vater zu den Ergebnissen gemeint?«, fragte sie.

Joey nahm einen Schluck Bier. Er starrte in sein Glas und erzählte ihr, was passiert war. »Es ist leider alles nicht ganz nach Plan verlaufen«, schloss er grinsend.

Ann seufzte. »Na ja, wenigstens hast du gute Noten. Dagegen kann er schon mal nichts sagen.« Sie zog ihn am Arm. »Los, komm, wir gehen auch tanzen.«

Gegen zehn Uhr legte der DJ langsamere Musik auf und die meisten strömten von der Tanzfläche.

Ann wollte gerade zum Tisch zurückgehen, als ihr jemand die Hand auf die Schulter legte. »Willst du tanzen?«, fragte eine Stimme schroff.

Ann drehte sich überrascht um. Vor ihr stand ein großer, unrasierter Typ in Jeans. Er hatte beide Ohren voller Ohrringe und einen Stecker in der Nase. Er sah ziemlich widerlich aus.

»Nein, danke.« Sie sagte es so höflich wie möglich.

Als sie sich wegdrehte, wurde der Griff an ihrer Schulter fester. »Warum nicht, verdammt noch mal?«

»Weil mein Freund davon bestimmt nicht allzu begeistert wäre«, antwortete sie ruhig mit der wirksamen Ausrede, die alle Mädchen hin und wieder gebrauchen, um lästige Bewerber abzuwimmeln.

»Was du nicht sagst«, meinte der Typ spöttisch und hauchte ihr seine Alkohol- und Nikotinfahne ins Gesicht. »Und wo steckt er, dein Freund?« Er zog Ann unsanft zu sich heran und zischte ihr ins Ohr: »Komm schon, ein Tanz wird dich schon nicht umbringen.«

»Lass mich los!« Ann stieß ihn wütend von sich. Der Typ war ihr ganz und gar nicht geheuer. »Ich sagte, ich will nicht mit dir tanzen.«

»Aber ich mit dir. Mal sehen, wer stärker ist!« Er zerrte sie noch näher zu sich her.

»Nimm sofort deine dreckigen Pfoten von ihr, Kendell!«

Ann erkannte erleichtert Joeys Stimme.

Kendell blickte überrascht auf. »Joe Boland«, schnaubte er. »Der edle Retter aller hilflosen Frauen. Willst du mich etwa davon abhalten, mit ihr zu tanzen?«

Joey packte ihn am Arm und zischte: »Zwing mich lieber nicht dazu!«

»Großer Gott, ist das etwa dein Freund?«, fragte der Kerl Ann und fuhr fort, ohne ihre Antwort abzuwarten: »Mit dem würde ich mich aber lieber nicht einlassen.« Er schubste Ann in Richtung Joey, der schützend seinen Arm um sie legte, da sie immer noch leicht zitterte.

»Ich warne dich, Boland. Eines Tages krieg ich dich! Das schwöre ich dir. Und was dich angeht, du Schlampe«, er deutete auf Ann, »Ich habe dich nur zum Tanzen aufgefordert, weil du wie ein knallbunter Hippie aussiehst. Ich dachte, du wärst bestimmt leicht rumzukriegen.«

Joey packte Kendell, ehe der weggehen konnte. Er grub seine Finger in dessen Schulterblätter und Kendell blinzelte. »Halt dein verdammtes Maul, du mieses Arschloch!«, brüllte Joe. Er schüttelte den Typen und starrte ihn hasserfüllt an. »Ich schwöre dir, wenn du ihr noch einmal zu nahe kommst, mache ich dich fertig.« Er stieß Kendell von sich, legte den Arm um Ann und ging mit ihr in die Eingangshalle, wo sie ihre Ruhe hatten. Er hörte noch, wie Kendell ihm irgendwelche Drohungen hinterherschickte.

Er setzte Ann auf einen Stuhl und fragte zögernd: »Alles okay?« Er tat so, als sähe er nicht, wie Ann sich hastig eine Träne von der Wange wischte. Er war wütend, dass es jemand gewagt hatte, sie so zu behandeln. Sie war einfach zu nett.

Sie nickte und wandte sich ab. »Alles in Ordnung, danke.«

Joey wusste nicht, was er sagen sollte. In solchen Situationen war er einfach nicht besonders hilfreich. Er blickte sich suchend nach einem Mädchen um, das er kannte. Frauen wussten immer, was man in so einem Fall tun musste. Aber er konnte niemanden entdecken.

Er schluckte und sagte sanft: »Mach dir nichts aus dem, was er gesagt hat, Ann. Der Typ ist total verrückt. Die meiste Zeit ist er vollgekifft oder zumindest völlig blau. Er war sogar schon einmal im Knast, weil er ein Auto gestohlen hat und damit durch die Gegend gerast ist. Glaub mir, er ist ein verdammter Spinner. Es tut mir nur Leid, dass ich nicht früher bemerkt habe, dass er dich belästigt hat.«

Ann schwieg immer noch und Joey fragte: »Sollen wir wieder reingehen? Ich verspreche dir hoch und heilig, dir bei den nächsten langsamen Tänzen zur Verfügung zu stehen.«

Ann lachte. »Tolle Auswahl. Du oder Kendell.« Sie tat so, als überlegte sie kurz, und meinte schließlich: »Ich glaube, dann versuch ich's lieber mit ihm!«

»Herzlichen Dank!«

Bei den nächsten langsamen Stücken forderte Joey

Ann getreu seinen Worten zum Tanzen auf. Ihre Freunde machten natürlich die entsprechenden Bemerkungen, aber die beiden lachten nur. Joe führte Ann in die Mitte der Tanzfläche. »Hier in dem Gewimmel wird er dich nicht sehen können.«

»Danke«, sagte Ann und legte ihm die Hände federleicht auf die Schultern.

»Keine Ursache.«

Sie wechselten das Thema und Joey brachte sie mit Geschichten von den letzten Sommerferien zum Lachen. Damals hatten Mick und er mit allen möglichen Jobs versucht etwas Geld zu verdienen.

»Hör auf, Joey«, kicherte Ann. »Ich weiß nicht, ob ich diese Geschichten alle glauben soll, aber jedenfalls hör auf damit. Ich kann nicht mehr. Mir tut alles weh vom Lachen.«

»Nur noch eine.« Joey brachte Ann gerne zum Lachen. Ihr Lachen gefiel ihm.

Aber Ann hörte nicht mehr zu. Sie hatte Kendell in der Menge entdeckt und hielt gespannt den Atem an. »Oh, Joe. Da ist er schon wieder.«

Joey drehte sich um und winkte Kendell zu. »Das macht ihn jetzt bestimmt wahnsinnig«, erklärte er grinsend. Er blickte Ann an. Sie verzog keine Miene. »Alles in Ordnung?«

Sie schüttelte den Kopf. »Er wird uns jetzt bestimmt die ganze Zeit anstarren. Ich glaube, ich will lieber heim. Ich weiß genau, dass er mir sonst den ganzen Abend versauen wird, und diese Genugtuung gönne ich ihm nicht.«

Joey lachte. »Keine Angst, Ann. Der Kerl ist echt harmlos. Der hat nur eine große Klappe, weiter nichts.«

Aber egal, was er auch sagte, er konnte Ann einfach nicht dazu bewegen, zu bleiben. Er bot ihr an, sie zu Fuß nach Hause zu begleiten, aber sie lehnte dankend ab.

»Es wäre nett, wenn du mir draußen ein Taxi ergattern könntest, während ich meinen Mantel hole«, sagte Ann und wandte sich zur Garderobe. »Ich warte dann da drüben auf dich.«

Joey zuckte mit den Achseln und ging nach draußen.

Als Ann ihren Mantel an der Garderobe in Empfang nahm, bemerkte sie plötzlich, dass sich Kendell und noch ein paar andere Typen am Eingang der Disko herumdrückten. Sie drehte hastig das Gesicht zur Wand, um nicht von ihm gesehen zu werden. Eine Minute später nahm sie all ihren Mut zusammen und drehte sich wieder um. Sie waren weg. Ann atmete erleichtert auf.

Sie begann sich erst Sorgen zu machen, als Joey nicht wieder zurückkam. Er war jetzt schon zehn Minuten weg. Dabei waren Taxis hier wirklich nicht so schwer aufzutreiben. Vor der Disko fuhren ständig welche vorbei.

Ein paar Minuten wartete sie angespannt. Immer noch keine Spur von Joey.

Schließlich ging sie in den Tanzsaal zurück und blickte sich verzweifelt nach Kendell um. Jetzt hätte sie alles dafür gegeben, wenn er plötzlich aufgekreuzt wäre und sie auf die Tanzfläche gezerrt hätte. Aber sie konnte ihn nirgends entdecken. Ihr Herz begann wie wild zu schlagen. Mit einem Mal wusste sie, was geschehen war. Sie blickte sich hektisch um.

Sie musste unbedingt Mick oder sonst irgendjemanden aus der Schule finden. Panik stieg in ihr hoch. Joey war jetzt schon über eine Viertelstunde weg.

Mick schaute erschrocken auf, als sie plötzlich leichenblass vor ihm stand. »Alles okay?«, fragte er besorgt. »Ich dachte, Joe wäre bei dir. Belästigt dich Kendell etwa schon wieder?«

Ann schüttelte den Kopf und keuchte: »Joe wollte mir vor einer Viertelstunde ein Taxi rufen. Und jetzt ist er immer noch nicht zurück. Und Kendell ist auch weg, ich kann ihn nirgendwo sehen. Ich weiß genau, dass sie hinter ihm her sind, Mick. Ich weiß es.« Ihre Stimme versagte.

»Bist du sicher?«, fragte Mick und packte sie an den Schultern. Ann nickte.

»Shit!« Mick wurde kreidebleich. »Kendell ist gefährlich. Joe macht sich immer über ihn lustig.«

»Oh, Mick«, rief Ann verzweifelt. »Was machen wir denn jetzt?«

Er wandte sich an Cathy: »Trommle so viele Jungs wie möglich zusammen. Sag ihnen, dass wir uns in fünf Minuten am Eingang treffen.«

Wenige Minuten später warteten fünfzehn Jungs auf Mick.

»Wir kommen mit«, verkündete Cathy und schlüpfte in ihren Mantel. Ihr Ton duldete keine Widerrede, das wusste Mick.

»Aber ihr müsst selbst auf euch aufpassen«, brummte er. »Ich habe jetzt wirklich keine Zeit zum Händchenhalten.«

»Red keinen Schwachsinn, Mick«, sagte Cathy wütend. »Du klingst ja wie Julian von den *Fünf Freunden*.«

Ein paar Jungs lachten und Mick warf ihr einen vernichtenden Blick zu. Ann rang sich trotz ihrer Panik ein müdes Lächeln ab.

Draußen war es kühl und ruhig. Es gab nur einen Ort, an den Kendell und seine Kumpel Joey gebracht haben konnten, ohne aufzufallen. Mit Mick an der Spitze rannte der Rettungstrupp los.

Joey hastete durch die Dunkelheit vor dem Club. Er konnte einfach nicht glauben, dass Ann sich den Abend von diesem Hohlkopf Kendell verderben ließ. Er bog um die Ecke, wo normalerweise die Taxis standen …

Ehe er wusste, wie ihm geschah, wurde Joey von hinten gepackt. Jemand zog ihn unsanft an den Haaren nach hinten und verband ihm die Augen. Seine Hände wurden ihm auf den Rücken gefesselt.

»Wa-«, rief er, ehe ihn ein Schlag ins Gesicht zum Schweigen brachte. Darauf folgten noch zwei Schläge, bis sich in seinem Kopf alles drehte. Jemand steckte ihm ein Stück Stoff in den Mund.

»Maul halten«, befahl eine Stimme aus dem Dunkeln. Eine Stimme, die er in seinem momentanen Zustand nicht erkennen konnte. »Maul halten«, wiederholte die irre Stimme.

Joey spürte, wie er irgendwohin halb gezogen, halb gestoßen wurde. Er stolperte ein paar Mal und wurde jedes Mal getreten, wenn er hinfiel. Das Herz schlug ihm bis zum Hals. Das Pochen dröhnte in seinen Ohren und er dachte, er würde jeden Moment ohnmächtig werden. Ihm schien es, als sei seit dem Überfall eine Ewigkeit vergangen, aber in Wirklichkeit waren es nur fünf Minuten gewesen. Endlich ließen ihn die Angreifer los und alles, was er hörte, war die unheimliche Stille der Nacht um ihn herum.

»Wir werden dir jetzt eine kleine Lehre erteilen, die du so schnell nicht mehr vergessen wirst.« Wieder diese Stimme.

Er hörte ein metallisches Klicken und spürte, wie die kalte Klinge eines Taschenmessers an sein Gesicht gehalten wurde. Joey schluckte. Auf seiner Stirn standen Schweißperlen.

»Hey, warte mal. Ich dachte …«, begann eine Stimme aus dem Hintergrund.

»Halt's Maul!«, zischte die andere Stimme. »Was willst du denn, du Schisser?«

»Ich dachte, wir würden ihn nur ordentlich verprügeln.«

»Tun wir ja auch, aber eben so richtig. Und wenn er umkippt, werde ich ihm noch ein schönes Andenken ins Gesicht ritzen.« Wieder wurde das Messer gegen Joeys Gesicht gepresst. Er spürte den Schnitt und wie das Blut über seine Wange rann.

»Das hier ist nur ein kleiner Vorgeschmack.« Er hörte wildes Gelächter und dann traf ihn ein schrecklicher Schlag mitten ins Gesicht.

Joey spürte, wie ihm das Blut aus der Nase hervorquoll. Er hatte das Gefühl zu ersticken, bekam kaum noch Luft. Verzweifelt versuchte er den Stofffetzen auszuspucken.

Er fiel auf den Boden und schlug sich die Knie auf. Als ihm jemand in den Magen trat, rang er nach Luft.

»Nimm das, du Arschloch.«

Wieder ein Tritt und noch einer und noch einer. Joe versuchte sich wegzurollen, aber sie hörten einfach nicht auf.

Er hatte keine Kraft mehr, um sich zu wehren. Allmählich spürte er nicht einmal mehr den Schmerz. Eine angenehme Dunkelheit umfing ihn …

»Da sind sie!« Der Satz hallte über den Feldweg. Achtzehn Personen rasten auf die sechs Gestalten zu, die bewegungslos neben Joe standen.

Die sechs rannten los.

Die Jungs hatten Cathy und Ann befohlen, sich nicht vom Fleck zu rühren. Aber Ann ging trotzdem weiter. »Los, komm, Cathy. Ich bleibe nicht hier. Ich muss wissen, ob Joe okay ist. Zum Glück haben wir sie noch rechtzeitig erwischt. So schlimm kann es nicht sein.«

Gemeinsam gingen sie den Weg entlang. Sie sahen Mick und ein paar von den anderen auf dem Boden knien. Als sie näher kamen, blickten sie erschrocken auf die Gestalt, die seltsam zusammengekrümmt auf dem Asphalt lag.

Mick blickte entsetzt zu ihnen auf. »Steve ruft gerade einen Krankenwagen«, flüsterte er.

»Was?«, schrie Cathy auf. »Ist er okay? Sag schon, ist er okay?«

Mick war aschfahl im Gesicht. Er sah aus, als würde er jeden Moment zusammenbrechen. »Er ist bewusstlos, Cathy. Sie haben ihn bewusstlos geschlagen.«

Ann begann zu schreien.

Mick griff nach Cathys Hand. Sie nahm ihn in die Arme und flehte: »Bitte, Mick, nicht weinen.«

Mick versagte die Stimme. Er klammerte sich an seine Freundin. »Er ist mein bester Freund, Cathy. Wenn ihm etwas zustößt, dann ...«

16. Kapitel

In dieser Nacht wurde ein Notfall nach dem anderen eingeliefert. Irene war von ihrer Nachtwache heruntergerufen worden, um in der Notaufnahme mitzuhelfen. Sie strich sich mit der Hand über die Stirn und versuchte ihre Müdigkeit abzuschütteln.

Sie lief los, um den nächsten Krankenwagen zu empfangen. Die Sanitäter hatten schon über Funk angekündigt, dass sie einen bewusstlos geschlagenen Teenager dabei hatten. Er hatte bereits eine Bluttransfusion erhalten, war aber immer noch nicht zu sich gekommen. In manchen Momenten hasste Irene ihren Job, vor allem dann, wenn es um junge Menschen ging.

Der Krankenwagen hielt mit quietschenden Bremsen. Die Trage wurde herausgeschoben und die Sanitäter rannten auf Irene zu. Als sie die leblose Gestalt erblickte, war ihr erster Gedanke, wie viel Blut überall war. Die Haare des Jungen, sein Gesicht, seine Hände, seine Kleider – alles war blutverschmiert. Als sie genauer hinschaute, erstarrte sie.

»Wie heißt er?«, fragte sie den Sanitäter matt.

»Joe, er heißt Joe Boland«, antwortete das Mädchen, das den Verletzten begleitet hatte. Neben ihr stand ein Junge.

»Weiß sein Vater Bescheid?«, fragte Irene Mick und fügte hinzu: »Ich kenne seinen Vater.«

Mick schüttelte den Kopf. »Die Polizei hat gesagt, dass sie ihm Bescheid sagen würde.«

»Hört mal«, sagte Irene und deutete auf zwei Stühle. »Ihr wartet hier. Ich bin gleich wieder zurück, okay?«

Mick führte Ann zu den Stühlen. Seit ihrem Aufschrei am Feldweg hatte sie kein Wort mehr gesagt. Auf dem ganzen Weg ins Krankenhaus hatte sie verzweifelt Joeys Hand umklammert.

Irene winkte eine andere Schwester herbei und bat sie, für sie einzuspringen. Dann rannte sie zum Telefon in ihrem Büro. Sie wählte Petes Nummer und überlegte verzweifelt, was sie ihm sagen sollte.

»Hallo?« Petes verschlafene Stimme meldete sich am Ende der Leitung.

»Hallo, Pete, ich bin's.«

»Irene«, rief er überrascht. »Alles in Ordnung? Stimmt etwas nicht?«

»Es ist wegen Joe …«

Pete lachte. »Du rufst mich um zwei Uhr morgens an, bloß weil du dir Sorgen wegen Joe machst? Irene, ich habe dir doch schon gesagt, dass er noch ein halbes Kind ist. Lass dir doch von dem Bengel nicht das Leben schwer machen.«

»Er ist hier, Pete.« Irene wusste einfach nicht, wie sie es ihm beibringen sollte. Sie hoffte, er würde auch so verstehen, dass etwas passiert war. Sie wünschte, sie hätte nicht anrufen müssen, aber sie wollte nicht, dass ihn die Polizeibeamten zu Tode erschreckten.

»Bei dir?« Pete klang immer noch verschlafen. »Was zum Teufel hat er da verloren?«

»Ich bin noch in der Arbeit. Er … er ist hier … im Krankenhaus.« Sie schluckte und fuhr fort: »Er wurde hergebracht. Er …«

»Was ist passiert?« Plötzlich verstand Pete.

»Er befindet sich in einem sehr schlechten Zustand.« Irene spürte die Tränen hochsteigen. »Ich glaube, es ist besser, wenn du sofort herkommst.«

Um drei Uhr morgens betrat Irene wieder das kleine Wartezimmer der Notaufnahme. Sie blickte sich überrascht um, als auf ihre Frage, wer alles mit Joe Boland mitgekommen sei, ungefähr zwanzig Jugendliche aufsprangen. Der Polizeibeamte, der sich um den Vorfall kümmerte, war gerade mit der Vernehmung fertig und verabschiedete sich.

»Gibt's schon was Neues über Joe?«, fragte Cathy.

Irene blickte gerührt in die Runde. Wie sehr sie sich alle um Joey sorgten! »Tut mir Leid, dass ihr so lange warten musstet«, entschuldigte sie sich. »Ich glaube, das Beste, was ihr jetzt tun könnt, ist nach Hause gehen und schlafen. Im Moment könnt ihr hier sowieso nichts für ihn tun. Ihr könnt jetzt nicht zu ihm, bedaure.«

»Wie geht es ihm?«

Irene biss sich auf die Lippe. Sie waren alle noch so jung! Wie sollte sie ihnen beibringen, wie schlecht es um ihren Freund stand?

»Ich gehe hier nicht weg, ehe ich nicht weiß, wie es ihm geht!« Mick kam entschlossen auf Irene zu. Sein Haar war völlig zerzaust. »Wie soll ich jetzt nach Hause gehen? Können Sie mir das mal sagen?«

»Mick!« Cathy legte ihm die Hand auf den Arm. »Du hast doch gehört, was sie gesagt hat. Wir können nichts für ihn tun.« Sie blickte Irene an. »Können Sie uns denn gar nichts Neues über seinen Zustand sagen?«

Irene holte tief Luft. »Er liegt auf der Intensivstation«, sagte sie. »Offen gesagt, sein Zustand ist nicht besonders gut. Er hat eine Menge Blut verloren und ist ganz schön übel zugerichtet worden. Mehr weiß ich im Moment leider auch nicht.«

Alle schwiegen betroffen.

Ann stöhnte laut auf und Trev legte ihr den Arm um die Schultern. Ihm war schlecht. Mick ließ sich auf den nächstbesten Stuhl fallen und stützte den Kopf in die Hände. Er war kurz davor, sich zu übergeben. Wenn er jetzt aufstand, würden ihm glatt die Beine versagen. Cathy legte ihren Arm um ihn und lehnte schweigend den Kopf an seine Schulter.

Vielleicht war es diese Geste, die Irene dazu veranlasste zu sagen: »Also gut, wenn ihr unbedingt wollt, dann könnt ihr hier bleiben. Aber besonders bequem wird das nicht werden. Ihr könnt das Telefon in meinem Büro benutzen, um zu Hause anzurufen.« Sie blickte fragend in die Runde.

»Gut, vielen Dank«, sagte Stephen, der den Krankenwagen gerufen hatte, stellvertretend für alle.

»Sagen Sie uns Bescheid, sobald es irgendwelche Neuigkeiten gibt?«, fragte ein anderer Junge.

Irene nickte. »Versprochen.«

Irene betrat das Krankenzimmer auf der Intensivstation, in dem Joe lag, und küsste Pete Boland auf die Stirn.

»Wo sind Chris und Dee?«, fragte er.

»Ich habe sie nach Hause geschickt«, sagte Irene. »Ich habe ihnen eine Liste mitgegeben, auf der steht, was sie für Joe mitbringen sollen. Sie bringen die Sachen morgen vorbei. Chris ist zu aufgelöst, um heute Nacht hier zu bleiben. Dee kümmert sich um sie.«

Mr. Boland nickte. Er strich seinem Sohn sanft übers Gesicht. »Wie konnten sie ihm das nur antun, Irene?« Er schluchzte. »Sieh dir nur sein Gesicht an. Das hier stammt von einem Taschenmesser, hat der Arzt gesagt.«

»Wenn die Stiche verheilt sind, wird es nicht mehr so schlimm aussehen«, versuchte sie ihn zu trösten.

»Sie haben ihm die Nase gebrochen und ... und ... sein ... Bein. Sie sind auf seinem Bein herumgetrampelt, Irene. Sie haben ihm die Nase zertrümmert! Umbringen wollten sie ihn …« Seine Stimme versagte.

Irene schloss ihn in die Arme. »Ich weiß, Pete. Es wird alles wieder gut.«

Als er sich wieder beruhigt hatte, fragte sie, ob sie bei ihm bleiben solle. Er schüttelte den Kopf. »Danke, Irene, aber ich möchte jetzt lieber allein sein.«

»Gut. Ich komme gleich morgen früh wieder her«, sagte sie sanft und schlüpfte aus dem Zimmer.

Für Pete Boland begann nun die längste Nacht seines Lebens. Ein verzweifeltes Gebet brannte sich langsam in sein Gehirn ein. »Bitte, lieber Gott, lass ihn nicht sterben. Bitte, lieber Gott, lass ihn nicht sterben.« Wieder und wieder murmelte er den gleichen Satz, während er sich an all die Auseinandersetzungen zwischen ihm und seinem Sohn erinnerte. Er versuchte an etwas anderes zu denken, aber es ging nicht. Joe und er hatten in den vergangenen Monaten kaum ein Wort miteinander gesprochen und jetzt war es vielleicht zu spät.

Im Zimmer herrschte absolute Stille. Die einzige Lichtquelle waren die Monitore der Geräte, an die sein Sohn angeschlossen war. Joeys Gesicht wurde von einem grünlichen Schimmer erleuchtet, in dem er noch schlimmer aussah. Unter all den Verletzungen und seiner Sonnenbräune, die er schon bekam, »wenn er nur mal kurz zur Sonne hochsah«, wie Dee immer neidisch zu sagen pflegte, wirkte seine Haut fahl.

Mr. Boland strich Joe zärtlich übers Haar. Er ließ

den Blick zu Joes Augen wandern, die mit den langen, gebogenen Wimpern fast mädchenhaft aussahen.

»Bitte, mein Sohn, verlass mich nicht«, flehte er leise.

Er dachte an Joes Geburt und wie überglücklich Marie und er gewesen waren, einen kleinen Jungen bekommen zu haben. Er war so ein kluges Kind gewesen. Mit zwei Jahren hatte er schon lesen können. Mit drei hatte er am Klavier gesessen und Marie hatte ihm ein paar einfache Melodien beigebracht. Doch das Klavier war schnell vergessen gewesen, als ihm ein wohlmeinender Verwandter eine Spielzeuggitarre zu Weihnachten schenkte. Es dauerte nicht lange und die Spielzeuggitarre wurde durch eine echte ersetzt. Bücher und Schule rückten immer mehr in den Hintergrund. Tag und Nacht spielte Joey nur noch Gitarre. Marie hatte ihm immer gerne zugehört und unter ihrer sanften Aufsicht hatte er in der Schule trotzdem noch gute Noten geschrieben. Bis sie krank geworden war …

Mr. Boland schreckte hoch. Die Kirchturmuhr schlug fünf. Er war froh, dass er aufgewacht war, denn er wollte jetzt nicht von der schrecklichsten Zeit seines Lebens träumen. Seit Joes Mutter krank geworden war, war alles immer schlimmer geworden. Dann war Marie gestorben und wenn Joe jetzt auch noch … nein, darüber wollte er lieber erst gar nicht nachdenken. Er wünschte sich mit aller Kraft, dass sein Sohn weiterlebte, aber trotz aller Gebete zeigte Joe immer noch kein Lebenszeichen.

Um sechs Uhr kam ein junger Arzt herein, um nach Joe zu sehen. Er blickte auf die Monitore und drehte an ein paar Knöpfen. Dann wandte er sich an Mr. Boland und lächelte ihm aufmunternd zu. »Sein Zustand scheint sich stabilisiert zu haben. Ich kann Ihnen nichts versprechen, aber es sieht ganz gut aus.«

Pete Boland atmete erleichtert auf. Joeys Zustand verbesserte sich! Im Geiste flehte er immer noch Gott an, den Jungen zu verschonen. Noch einen Verlust würde er nicht verkraften. Nicht noch einen.

17. Kapitel

Er erwachte von den Schmerzen. Sein Kopf dröhnte und sein Bein und seine Rippen taten schrecklich weh. Sein rechter Arm war taub. Mühsam öffnete er die Augen. Sie schienen geschwollen zu sein. Verschwommen nahm er den Raum wahr, in dem er sich befand. Zu Hause war er jedenfalls nicht. Wo zum Teufel war er? So viel konnte er doch gestern Abend gar nicht getrunken haben. So einen üblen Kater hatte er noch nie gehabt.

Wieder versuchte er den Arm zu bewegen, aber es war unmöglich. Es war, als hätte jemand ein Gewicht daran befestigt. Mit Mühe gelang es ihm, den Kopf zu drehen, und da sah er, dass jemand auf seinem Arm lag.

»Hey, mein Arm.« Er war überrascht, wie schwach seine Stimme klang. Fast wie ein Flüstern.

»Hey.« Er versuchte es noch einmal etwas lauter. Der Mann zuckte zusammen und schreckte hoch. Ziemlich erstaunt erkannte Joey seinen Vater. Die beiden starrten sich wortlos an – Joey verwirrt und sein Vater mit ungläubiger und erleichterter Miene.

»Joe«, sagte er sanft. »Bist du okay?«

»Mein verdammter Arm«, murmelte Joe, ehe er wieder das Bewusstsein verlor.

Mr. Boland klingelte nach dem Arzt und hörte erst mit dem Klingeln auf, als der den Raum betrat.

»Was ist denn passiert?«

»Er ist aufgewacht. Er hat irgendetwas zu mir gesagt und jetzt ist er wieder bewusstlos«, erklärte Pete Boland atemlos.

Der Arzt lächelte. »Ein zäher Bursche«, sagte er anerkennend. »Wenn er aufgewacht ist, dann kommt er wieder auf die Beine. Wahrscheinlich ist er immer noch sehr schwach.« Er überprüfte Joes Zustand und schüttelte Mr. Boland lächelnd die Hand. »An Ihrer Stelle würde ich jetzt schlafen gehen. Es geht ihm gut.«

Pete Boland ließ sich auf den Stuhl fallen. Er konnte es noch gar nicht fassen. Er beschloss, Chris und Dee anzurufen und ihnen die guten Neuigkeiten mitzuteilen. Es war sieben Uhr morgens und wahrscheinlich standen sie sowieso gerade auf. Dann rannte er in den Wartesaal der Notaufnahme und erzählte Joes zwanzig müden Freunden, dass der Junge wieder auf die

Beine kommen würde. Das Jubelgeschrei weckte den gesamten Flur auf und die Dienst habende Schwester forderte sie mit strenger Miene auf, gefälligst still zu sein.

»Meinen Sie, dass ich zu ihm kann?«, fragte Mick.

Mr. Boland nickte. »Ich bringe dich später kurz zu ihm rein. Was mit den anderen ist, kann ich allerdings nicht sagen.«

»Machen Sie sich um uns mal keine Sorgen, Mr. B.«, erklärte Stephen freundlich. »Jetzt, wo wir wissen, dass es ihm gut geht, können wir erst mal nach Hause.«

Fröhlich plappernd suchten sie ihre Mäntel und Jacken zusammen. Einige Minuten später saß Mick mutterseelenallein in dem leeren Raum. Er hatte Ann und Cathy versprechen müssen, sie sofort anzurufen, sobald er bei Joe gewesen war.

Irene kam herein und lächelte ihm zu. Sie reichte ihm eine Tasse Tee und einen Teller mit getoastetem Brot. Er dankte ihr und sie fragte ihn, wie es ihm gehe.

»Gut«, sagte er. »Hören Sie, es tut mir Leid, dass ich heute Nacht so ausgeflippt bin. Ich war total am Ende.«

»Schon gut«, antwortete sie lächelnd. »Ich habe schon Schlimmeres erlebt.« Sie schwiegen und Mick biss hungrig in seinen Toast. Dann sagte Irene: »Joe ist wohl ziemlich beliebt, was?«

Mick nickte und grinste. »Ja, er ist einfach total witzig.« Er hielt inne und sagte leise: »Ich weiß, dass er Ihnen das Leben ziemlich schwer gemacht hat. Er hat mir davon erzählt, aber eigentlich ist er gar nicht so, wissen Sie.«

Irene stand auf. »Wenn du fertig bist, dann bring die Tasse bitte wieder in mein Büro«, sagte sie unvermittelt. »Ich sag dir Bescheid, wenn du zu ihm reingehen kannst.«

Joey war seit zehn Uhr wach. Sein Vater hatte ihm leise alles erklärt und allmählich erinnerte er sich auch wieder an das, was geschehen war. Beim Anblick seiner verletzten Hände und Beine begann er schrecklich zu zittern. Er war Ann und seinen Freunden zu großem Dank verpflichtet, dass sie nach ihm gesucht hatten.

Um Viertel nach zehn waren zwei Polizeibeamte zu ihm hereingekommen, aber leider hatte er keine genauen Angaben über seine Angreifer machen können. Er vermutete, dass Kendell einer von ihnen gewesen war, konnte es aber leider nicht beweisen.

Nachdem die Polizisten das Zimmer verlassen hatten, war er wieder mit seinem Vater allein. Sie blickten sich unsicher an. Sein Vater brach als Erster das Schweigen. Er räusperte sich und sagte mit zitternder Stimme: »Ich wollte dir nie wehtun, Joe. Es tut mir sehr, sehr Leid, was ich gestern Abend über Musiker gesagt habe und all die anderen Sachen, über die wir uns gestritten haben, auch.« Er stockte und fuhr dann fort: »Was hältst du davon, wenn wir die Vergangenheit einfach begraben und versuchen in Zukunft miteinander klarzukommen?«

Joey biss sich auf die Lippe und blickte seinen Vater misstrauisch an. Dann nickte er langsam und streckte die Hand aus. Er rang sich ein Lächeln ab. »Ich werde es versuchen, wenn du's auch tust.«

Pete Boland umschloss die Hand seines Sohnes und die beiden lächelten sich zum ersten Mal seit vielen Monaten wieder an.

Joey wurde noch an diesem Abend auf Irenes Station verlegt. Die Schwestern hatten sich diese Überraschung für ihre Kollegin einfallen lassen, nachdem sie erfahren hatten, dass Joe ihr zukünftiger Stiefsohn war. Aber weder Irene noch ihr Stiefsohn in spe schienen sich sonderlich darüber zu freuen.

»Besuch für dich«, erklärte sie knapp. »Er wartet schon den ganzen Tag, also habe ich ihm gesagt, dass er ein paar Minuten zu dir reinkommen kann.«

Joey gab keine Antwort. Er hatte nicht vor, ihr die Sache irgendwie einfacher zu machen, nur weil sein Vater und er sich wieder vertrugen.

»Also, ich muss Kendell wirklich zu seinem Werk gratulieren. Dieses Gesicht ist definitiv eine Verbesserung im Vergleich zu früher!«, verkündete Mick, woraufhin ihn die anderen sechs Patienten in Joes Krankenzimmer schockiert anstarrten.

Joey lachte. »Ich hab mich noch gar nicht im Spiegel gesehen. Ich glaube, das lasse ich auch lieber bleiben.«

»Das wird schon wieder«, sagte Mick. Er konnte einfach nicht aufhören, seinen Freund wie ein Honigkuchenpferd anzugrinsen. »Mensch, Joe«, sagte er. »Du hast uns allen einen Riesenschrecken eingejagt. Die arme Ann war fix und fertig. Tut gut, dich zu sehen, Alter.«

»Schwester!«

Irene kam ins Zimmer geeilt. Mick und Joey blickten neugierig zu dem schwächlichen alten Mann im Nachbarbett hinüber.

»Ja, Mr. Hanley?« Irene schaute den Patienten fragend an.

»Warum darf dieser Kerl um diese Uhrzeit noch Besuch empfangen?«

Irene erklärte es ihm und Mick und Joey grinsten sich an.

»Ich versuche hier zu schlafen«, brummte der Mann. »Die Ausdrucksweise dieser Bengel ist skandalös!«

Irene warf den beiden Jungs einen mahnenden Blick zu. Sie trat an Joeys Bett und flüsterte: »Wollt ihr wohl ein bisschen Rücksicht auf die anderen Patienten nehmen!« Dann lächelte sie Mr. Hanley an. »Das hätten wir geklärt.«

Als sie wieder hinausmarschierte, warf ihnen Mr. Hanley einen triumphierenden Blick zu.

»Du lieber Himmel!«, murmelte Joey. »Ich weiß wirklich nicht, warum sie mich ausgerechnet auf ihre Station verfrachtet haben.«

»Sie ist schon in Ordnung«, sagte Mick behutsam. »Letzte Nacht war sie echt klasse. Sie hat uns um vier Uhr morgens Tee gebracht. Und ihr Telefon konnten wir auch benutzen. Sie ist wirklich nicht übel, Joe.«

»Ja, klar.« Joey wusste genau, dass er seinen Aufenthalt im Krankenhaus hassen würde.

Am nächsten Abend um sieben Uhr stand Ann an seinem Bett. »Ich habe gute Neuigkeiten«, verkündete sie strahlend. »Willst du sie hören?«

Er freute sich sehr, sie zu sehen, und grinste übers ganze Gesicht, obwohl das ziemlich wehtat. »Hallo, Joe. Du siehst besser aus«, scherzte er.

»Halt die Klappe«, sagte sie kichernd. »Also, willst du's jetzt wissen oder was?«

»Schwester!«

Joey verdrehte die Augen. Mr. Hanley hatte schon den ganzen Tag nur herumgenörgelt.

»Ja?« Irene betrat mit hochrotem Gesicht das Zimmer.

»Besuchszeit ist doch erst in einer halben Stunde. Wie kommt es, dass dieser Bengel schon wieder Besuch hat? Und fluchen tut die junge Dame auch noch.«

Wenn der alte Mann so weitermacht, wird er bald einen Herzanfall bekommen, dachte Irene.

»Joe?« Sie drehte sich mit hochgezogenen Augenbrauen zu dem Jungen um.

Ann antwortete an seiner Stelle. »Ich habe nur ›Halt die Klappe‹ gesagt.«

Irene unterdrückte ein Lächeln. »Es wird nicht wieder vorkommen«, beschwichtigte sie den alten Mann.

»Ich habe Ann heute ausnahmsweise erlaubt, Joe früher als üblich zu besuchen. Sie werden auch ganz leise sein.«

Er knurrte irgendetwas vor sich hin, aber Ann und Joe beachteten ihn überhaupt nicht.

»Los, sag schon«, drängelte Joe.

»Na, rate mal!« Anns Augen leuchteten.

Joey schüttelte ratlos den Kopf. »Keine Ahnung.«

»Was wären denn die besten Neuigkeiten, die du dir im Moment vorstellen kannst?«

»Dass dem alten Opa da drüben der Kehlkopf entfernt werden soll?«

Ann lachte. »Man kann nicht gerade behaupten, dass dein Unfall dich toleranter gemacht hätte.« Dann fragte sie mit hochgezogenen Augenbrauen: »Sagen dir die Worte ›Dritte Runde‹ irgendwas?«

»Was?«, jubelte Joey. »Seit wann weißt du das?«

Die anderen Patienten zuckten erschrocken zusammen. Mr. Hanley rief nach Irene, die ihn diesmal jedoch ignorierte.

Ann kicherte übermütig. Joey entschuldigte sich stammelnd bei seinen Zimmergenossen.

»Seit wann weißt du das?«, wiederholte er im Flüsterton.

»Seit ungefähr einer Stunde. Die Jury hat bei Trev angerufen und er hat dann mich angerufen. Ich wollte es dir unbedingt als Erste sagen. Er hat keine Ahnung, dass ich heute früher zu dir komme.«

Joey lachte. »Der wird sich schwarz ärgern.«

Ann warf den Kopf in den Nacken. »Und wenn

schon. Er kann doch sonst immer allen die heißesten Neuigkeiten erzählen. Diesmal hat er eben Pech gehabt.«

»Du Biest!«

Domo, Trev und Mick trudelten gegen halb acht ein. Trev lachte nur, als er von Anns Aktion erfuhr. »War mir klar, dass du gleich zu Joe rennst«, erklärte er grinsend. »Deshalb habe ich es dir auch zuerst gesagt.«

Als Joes Vater und Joes Schwestern rund zehn Minuten später das Zimmer betraten, drehte sich Mick zu ihnen um. »Hey. Mr. B., ist das nicht großartig – mit der Band?«

Joey sog die Luft ein. »Oh-oh.«

»Was für eine Band?«

»Na *Livewire*. Wir sind beim Musikwettbewerb in die dritte Runde gekommen.«

»Ach, tatsächlich?« Mr. Boland warf Joey einen argwöhnischen Blick zu. Wovon redete dieser Junge überhaupt?

»Genial, was?«

»Oh, ja. Wirklich phantastisch.« Er hatte keine Ahnung, was hier gespielt wurde. Chris und Dee blickten nicht weniger dumm aus der Wäsche.

»Zum Glück ist das Finale erst im Oktober. So wie Joe im Moment aussieht, würde er ja alle zu Tode erschrecken.«

Mr. Boland war entsetzt. Wie konnte Mick nur so etwas sagen? Und dieser Kerl sollte Joes bester Freund sein? Und dann geschah etwas noch Merkwürdigeres.

Joe erwiderte: »Mensch, Micko. Bring mich nicht zum Lachen. Das tut höllisch weh.«

Sein Sohn hatte offensichtlich einen höchst merkwürdigen Sinn für Humor!

Gegen neun Uhr traten Joes Freunde endlich den Rückzug an. Die Bande hatte sämtliches Obst von Joes Nachttisch vertilgt. Joe hatte sie aufgefordert, ruhig alles aufzuessen, und das hatten sie sich nicht zweimal sagen lassen. Mr. Boland dachte schon, sie würden überhaupt nicht mehr gehen. Die ganze Zeit hatten sie von nichts anderem als diesem Musikwettbewerb geredet. Joes schlechtes Gewissen war von Minute zu Minute schlimmer geworden.

Nachdem auch die Letzten endlich abgezogen waren, beugte sich Pete Boland über Joey und zischte: »So, und jetzt sag mir endlich, was im Oktober los ist und was es mit diesem Musikwettbewerb auf sich hat?«

Joe schluckte. »Also, die Sache ist die, Dad. Wir haben an einem Wettbewerb teilgenommen, bei dem acht Bands ins Finale kommen. Und wir sind eine davon.« Er blickte seine Schwestern an. »Wir kommen ins Fernsehen!«

»Und wieso erfahren wir das erst jetzt?«, fragte sein Vater ärgerlich. Dee und Chris waren ebenfalls wütend.

»Es hätte dich doch sowieso nicht interessiert«, erwiderte Joey trotzig.

»Woher willst du das denn wissen?«, rief sein Vater.

»Schwester! Schwester! Schwester!«, brüllte Mr. Hanley.

Joey versuchte sich das Lachen zu verbeißen, während sein Vater am liebsten im Erdboden versunken wäre. Als Irene zu ihnen ins Zimmer trat, musste sie erst einmal einen erbosten Redeschwall des alten Mannes über sich ergehen lassen. Sie warf Pete einen strafenden Blick zu und bat ihn verärgert, etwas leiser zu sein. Dann wandte sie sich an Joey: »Kann es sein, dass du mir meinen Job hier im Krankenhaus so schwer wie möglich machen willst? Ich warne dich: Ich kann dir das Leben hier drin mindenstens doppelt so schwer machen.«

»Aber er kann doch gar nichts dafür ...«, begann sein Vater. Doch Irene drehte sich einfach auf dem Absatz um und marschierte aus dem Zimmer.

Joeys Augen blitzten immer noch vergnügt und auch Chris und Dee hatten sichtlich Mühe, sich zu beherrschen.

Mr. Boland verstand wirklich nicht, was seine Kinder an dieser Situation so komisch fanden. Er wandte sich wieder seinem Sohn zu: »Natürlich hätte uns das interessiert, du Dummkopf! Was glaubst du, wie aufgeregt wir gewesen wären.«

»Ich bekomme sechs Freikarten, ihr könnt euch die Sache live ansehen. Dee und Chris und noch drei andere. Das heißt natürlich nur, wenn ihr wollt ...« Joey hätte sich für den flehenden Unterton in seiner Stimme am liebsten selber geohrfeigt.

Sein Vater blickte ihn nachdenklich an. »Ich verstehe dich einfach nicht«, murmelte er. »Da versuchst du mir die ganze Zeit zu beweisen, wie großartig diese

Band ist. Und wenn du dann mal wirklich etwas erreichst, kriegst du das Maul nicht auf.«

Joey biss sich auf die Lippe und schwieg. Er hatte gehofft, dass sein Vater sich riesig darüber freuen würde, ihn im Finale sehen zu können, aber davon konnte wohl keine Rede sein.

»Am wie vielten Oktober ist es denn?«, wollte sein Vater wissen.

Joey zuckte mit den Schultern. »Keine Ahnung, ich hab's ja auch erst heute erfahren.«

»Heißt das, dass wir uns diesen Tag freihalten sollen?«

»Wie ihr wollt«, sagte Joe leise.

Mr. Boland blickte seinem Sohn ins Gesicht. »Was glaubst du denn? Das würde ich mir um nichts in der Welt entgehen lassen«, erklärte er. Vater und Sohn grinsten sich an.

Chris setzte sich zu ihm auf die Bettkante. »Dann erzähl mal alles von Anfang an, Kleiner. Jetzt, wo du bald ein Fernsehstar bist, muss ich schließlich über alles genauestens informiert sein. Wie soll ich sonst vernünftige Interviews geben?«

18. Kapitel

Joey blieb zwei Wochen im Krankenhaus. Im Nachhinein betrachtet war es dann gar nicht so schlimm gewesen. Irene hatte ihn weitgehend in Ruhe gelassen.

Einige Tage zuvor hatte Mr. Hanley Irene bei seiner Entlassung eine Schachtel Pralinen geschenkt und zum Erstaunen aller auf der Station verkündet, dass sie seine Lieblingsschwester gewesen sei. Daraufhin hatte sie ihn kurz umarmt und alle hatten gelacht.

Joey stand im Flur und wartete auf seinen Vater. Sein linkes Bein steckte immer noch in einem Gipsverband und er musste an Krücken gehen. Die Schrammen in seinem Gesicht waren größtenteils verheilt und alle Fäden gezogen. Nur eine kleine Narbe war zurückgeblieben, was Joe aber keineswegs störte. Er fand, dass sie – genau wie seine gebrochene Nase – etwas wundervoll Verwegenes hatte.

Irene saß an ihrem Schreibtisch und blickte zu ihm hoch. »Hast du alles?«, fragte sie.

Er nickte.

»Gut.« Sie blickte wieder auf ihre Unterlagen und schrieb weiter.

»Irene?« Das Herz klopfte ihm bis zum Hals.

Sie blickte ärgerlich auf. »Was ist denn noch?«, fragte sie ungeduldig.

»Danke«, murmelte er.

Sie sah aus, als läge ihr schon eine spitze Bemerkung auf der Zunge, aber irgendetwas an seinem Gesichtsausdruck ließ sie zögern. Er meinte es ernst! Es war keine dumme Bemerkung. Er meinte es wirklich so! Sie kaute lächelnd auf ihrem Stift herum und blickte Joe nachdenklich an. »Keine Ursache. Du warst ein vorbildlicher Patient.«

»Na ja.« Joey starrte auf seine Füße.

Sie holte tief Luft. Jetzt oder nie, dachte sie. »Ich weiß, was du über mich denkst, Joe, und wahrscheinlich würde es mir an deiner Stelle genauso gehen.« Joey blickte sie überrascht an und sie fuhr fort: »Ich möchte nur, dass du weißt, dass ich deinen Vater sehr liebe. Ich will nicht den Platz deiner Mutter einnehmen, und wenn ich den geringsten Verdacht hätte, dass Pete mich als Ersatz für deine Mutter ansieht, dann würde ich sofort die Finger von ihm lassen, das kannst du mir glauben. Er wird deine Mutter genauso wenig vergessen wie du.«

Joey blickte sie trotzig an. »Ich wollte mich nur für Ihre Hilfe bedanken. Auf eine Predigt war ich nicht aus.«

»Das ist doch nicht zu fassen!«, rief Irene ungeduldig. »Ich versuche doch nur dir die Dinge zu erklären, damit wir es alle leichter haben. Ich hab's satt, von dir wie eine Aussätzige behandelt zu werden. So kann das nicht weitergehen, Joe.«

Er schwieg. Warum hatte er sich bloß bei ihr bedankt?

»Ich habe das Gefühl, dass du es einfach nicht zulassen willst, mich zu mögen.« Sie kam auf ihn zu. »Bitte, Joe, tu mir das nicht an. In den letzten beiden Wochen habe ich wirklich angefangen dich gern zu haben. Du hast die anderen Patienten immer zum Lachen gebracht. Bitte gib mir eine Chance. Ich schwöre dir, ich will wirklich nicht deine Mutter sein.«

Joey lächelte schief. »Das wundert mich kaum!« Sie mussten beide lachen und dann schwiegen sie wieder.

»Also?«, fragte Irene.

Joey zuckte schuldbewusst mit den Schultern. Sie hatte Recht, er mochte sie wirklich, aber irgendwie wurde er das Gefühl nicht los, damit seine Mutter zu verraten. »Ich werd's versuchen«, sagte er zögerlich. »Aber es wäre mir trotzdem lieber, wenn Sie ihn nicht heiraten würden und so.« Damit drehte er sich um und ging weg.

Sein Vater holte ihn mit dem Auto ab. Während der Fahrt schwiegen sie, aber es war kein feindseliges Schweigen mehr. Trotzdem hatte Joey das Gefühl, dass sein Vater irgendwie nervös war – als wollte er ihm etwas sagen und traute sich nicht.

Als sie zu Hause ankamen, nahm Mr. Boland Joey die Tasche aus der Hand und stellte sie im Flur ab. Dann holte er tief Luft und sagte: »Komm mit in die Küche. Wir trinken noch eine Tasse Tee.«

Joey blickte sich im Flur um, berührte die gemusterte Tapete und sog den vertrauten Geruch seines Zuhauses ein. Er hätte nie geglaubt, dass er es so vermissen würde. Sein Vater hatte inzwischen Wasser heiß gemacht und goss ihm eine Tasse Tee ein – wie immer ultraschwach. Der Tee seines Vaters war einfach schrecklich.

Als Joey sich gesetzt hatte, stützte Mr. Boland die Ellbogen auf die Tischplatte und blickte seinen Sohn eindringlich an, ehe er zu sprechen begann.

»Joe, ich muss dir etwas sagen. Wer weiß, wann ich noch einmal eine so gute Gelegenheit habe.«

Er lächelte zaghaft, aber sein Sohn verzog keine Miene.

Joey hatte keine Ahnung, was jetzt wohl kommen würde.

Sein Vater holte tief Luft. »Ich habe meine Meinung über deine Ausbildung nicht geändert, Joe, aber du hast Recht, es ist *dein* Leben und ich werde versuchen mich nicht mehr einzumischen.«

Joey riss ungläubig die Augen auf. Langsam wandte er sein Gesicht seinem Vater zu. »Ist das dein Ernst?«

Mr. Boland zuckte mit den Achseln. »Was bleibt mir denn anderes übrig? Ich will schließlich meinen Sohn nicht verlieren.«

»Danke, Dad.« Joey lächelte. »Das wirst du bestimmt nicht bereuen.«

»Ich hoffe, *du* wirst es nicht bereuen«, entgegnete sein Vater. Die Schärfe in seiner Stimme verletzte Joey.

Wieder schwiegen sie. Es fiel Pete Boland nicht leicht, so mit seinem Sohn zu sprechen. Es gab da noch etwas, was ihm auf dem Herzen lag, und er beschloss, es hinter sich zu bringen.

»Natürlich musst du dir dabei über eine Sache im Klaren sein.«

Joey kniff die Augen zusammen.

»Ich gestehe dir zu, dass du dein eigenes Leben hast, und werde mich in Zukunft nicht mehr einmischen. Aber das Gleiche gilt dann auch für dich.« Er rückte näher an seinen Sohn heran. »Du kannst mir nicht mein Leben vorschreiben und mir sagen, ob ich wieder heiraten darf oder nicht, verstanden?«

Joeys Augen blitzten.

Sein Vater fuhr unbeirrt fort: »Irene und ich lieben uns. Sie will deine Mutter nicht ersetzen. Wie sollte ich eure Mutter jemals vergessen? Wie könnte ich, wo sie mir drei so großartige Kinder geschenkt hat?«

»Du bist so verdammt egoistisch!«, stieß Joey zwischen den Zähnen hervor. »Wie kannst du das Ma nur antun? Wie kannst du sie so einfach ersetzen?«

»Was heißt hier egoistisch!«, rief Mr. Boland, unfähig sich zu beherrschen. Er beugte sich über den Tisch und sagte langsam: »*Du* warst egoistisch, als deine Mutter starb. Wo war denn damals der treue Sohn, hä?«

Joey wurde blass. Seine Augen füllten sich mit Tränen. »Oh, Gott«, stöhnte er und bedeckte sein Gesicht mit den Händen.

»Joe, Joe«, beeilte sich Mr. Boland zu sagen. »Das war nicht so gemeint. Ich war wütend. Bitte, Joe.«

Aber Joey hörte ihn nicht mehr. Seine Gedanken schweiften drei Jahre zurück, zu jener Zeit, die er so verzweifelt zu verdrängen versucht hatte …

Niemand sprach ein Wort. Schließlich brach Chris das Schweigen und warf sich schluchzend in die Arme ihrer Mutter. »Bitte, sag, dass es nicht wahr ist, Ma. Bitte!«

Pete Boland hatte den Arm um seine Frau gelegt. Seine Augen waren rot gerändert.

Dee fragte: »Hast du wenigstens noch einen zweiten Arzt hinzugezogen?« Und dann fügte sie verzweifelt hinzu: »Das kann man doch bestimmt operieren.«

Ihre Mutter schüttelte den Kopf. »Sie haben gesagt, dass es zu riskant wäre.« Ihre Stimme zitterte. »Der Tumor sitzt zu tief.«

Joe verfolgte die Szene wie durch einen Nebel. Diese Frau vor ihm hatte einen Hirntumor. Ihr blieben nur noch wenige Monate zu leben – vielleicht noch bis Weihnachten. Zum Glück musste er nicht hier bleiben. Er stand auf und wandte sich zur Tür.

»Joe, wo gehst du hin?«, fragte sein Vater.

»Zu einem Konzert, mit Mick.«

Alle schwiegen schockiert. »Soll das ein Witz sein?«, fragte Mr. Boland.

Joe blickte seine Familie an. »Nein, ich hab's ihm versprochen.«

Sie wurde schrecklich krank. Sie hatte Albträume und Schmerzattacken. Manchmal konnte sie an einem Tag plötzlich nicht mehr gehen und am nächsten Tag ging es wieder. Nach der Therapie war ihr immer speiübel.

Sein Vater regte sich in regelmäßigen Abständen furchtbar über ihn auf. »Warum hast du deiner Mutter heute Morgen nicht geholfen, hast du sie nicht rufen gehört?«, brüllte er.

»Nein.«

Joe war nicht gerne zu Hause, wenn sie da war. Ständig war er unterwegs. Manchmal blieb er bis spätabends in der Schule und lernte oder drückte sich bei Mick herum.

Manchmal hörte er sie weinen, aber er brachte es nicht über sich, zu ihr zu gehen. Seine Beine waren dann wie Blei. Einmal hörte er sie mit seiner Schwester Chris in der Küche lachen und hatte schon die Hand auf dem Türgriff, um sich zu ihnen zu gesellen, aber dann fiel es ihm wieder ein und er ging weg.

Mit Mick hatte er sich ihretwegen auch gestritten. Sein Freund hatte gesagt: »Joe, ich wusste ja gar nicht, dass deine Mutter so krank ist. Das tut mir wirklich Leid.«

»Was?«

»Hä?«

»Was tut dir Leid?«

»Es tut mir Leid für dich und deine Familie und für deine Mutter.« Mick blickte ihn ratlos an.

»Bei uns ist alles in Ordnung, Mick.«

»Ich habe ehrlich gesagt nicht das Gefühl, dass du besonders gut mit der Angelegenheit zurechtkommst. Du bist fast nie bei deiner Familie und sie braucht dich jetzt. Hast du ...«

Joe hatte Mick damals gepackt und gegen die Wand gedrückt. »Halt dein verdammtes Maul. Dein dummes Geschwätz kotzt mich an! Erzähl mir bloß nichts über meine Familie. Halt einfach die Klappe, Mick.« Dann hatte er seinen Freund stehen lassen und an diesem Tag die Schule geschwänzt. Er wusste später nicht einmal mehr, wohin er gegangen war.

Mick hatte das Thema nie wieder erwähnt. Er hatte viel Zeit mit Joe verbracht, war überall mit ihm hingegangen, hatte ihn zu sich nach Hause eingeladen. Über den Streit hatten sie nie gesprochen.

Joe versuchte weiterhin der Frau aus dem Weg zu gehen. Irgendwann hatten sein Vater und seine Schwestern es aufgegeben, ihn darum zu bitten, ihr zu helfen. Er war froh darüber.

An seinem Geburtstag hatte ihm sein Vater gesagt, dass sein Geschenk im Abstellraum sei. Er war nach oben gegangen, um es zu holen, und dann hatte sie dort gestanden und es in den Armen gehalten.

»Joe«, sagte sie leise. Ihm fiel auf, wie angeschlagen sie aussah.

Sie streckte ihm das Geschenk hin. »Herzlichen Glückwunsch zum Geburtstag.«

Seine Arme waren wie gelähmt und er war unfähig, ihr das Paket abzunehmen. Ihre Augen füllten sich mit Tränen. Sie trat zu ihm, stellte das Geschenk neben ihm ab und sagte mit einer Stimme, die fremd klang: »Vergiss nie, dass ich dich liebe, Joe.« Sie legte ihm ihre kraftlose Hand auf die Wange und er zuckte zurück.

»Vergiss nie, dass ich dich liebe.«

Zwei Wochen später starb sie. Er wollte ihren Leichnam nicht sehen. Bei der Beerdigung trug er den Sarg, ohne eine einzige Träne zu vergießen. Seitdem hatte er nie um sie geweint oder sie auch nur erwähnt …

»Es tut mir Leid, Joe«, sagte Mr. Boland verzweifelt.

Joey blickte ihn gequält an und stieß unter Tränen

hervor: »In mir drin habe ich geweint, Dad. In mir drin habe ich um sie geweint.«

»Was? Um wen?«

»Um Ma. Ich habe geweint, aber es wollte einfach nicht aus mir herauskommen. Alle dachten, dass es mir egal wäre. Es war schrecklich. Ich darf gar nicht daran denken, was ich ihr angetan habe. In mir drin habe ich geweint.«

Mit wachsendem Entsetzen begriff Pete Boland, dass dies die Tränen waren, die vor drei Jahren hätten vergossen werden sollen. Sein Sohn hatte all seinen Schmerz drei Jahre lang aufgestaut. Unbeholfen schloss er Joe in die Arme. Wie gut es sich anfühlte, ihn festzuhalten.

Joey weinte eine lange Zeit, während sein Vater ihm sanft übers Haar strich und leise sagte: »Lass es raus, Joe. Lass es raus.«

An diesem Abend schaute Mick bei ihm vorbei. »Hallo, wie geht's?«, fragte er grinsend. Sein Blick fiel auf Joes Krücken in der Zimmerecke und er beschloss sie mal zu testen. »Wow, gar nicht so einfach«, bemerkte er und rieb sich den Arm. Als Joey immer noch nichts sagte, fragte er mit hochgezogenen Augenbrauen: »Was ist los, Boland?«

Joey wusste nicht so recht, wie er anfangen sollte. Er beschloss, nicht lange um die Sache herumzureden. »Ich schulde dir noch eine Entschuldigung, Mick.«

Mick blickte ihn erstaunt an. »Wofür denn?«

Joey biss sich auf die Lippe. »Das ist gar nicht so einfach zu erklären. Erinnerst du dich noch an die Zeit, als meine Mutter … als sie … starb?«

Mick nickte langsam.

»Also«, begann Joey und blickte Mick an. »Es tut mir Leid, dass ich dich damals gegen die Wand gedrückt habe. Ich weiß, dass du mir gegenüber seitdem ein bisschen vorsichtig bist, und das tut mir Leid. Ich will jetzt nicht sentimental werden oder so was, aber du bist mein bester Freund und ich habe dich echt beschissen behandelt.«

Mick starrte ihn wortlos an.

»Jetzt sag schon was, du Blödmann, und lass mich nicht so hängen. Ich habe mich nur für etwas entschuldigt, was vor drei Jahren passiert ist. Und wie heißt es noch so schön, besser spät als nie.«

Irgendetwas an Joe hatte sich verändert, da war sich Mick sicher. Der wachsame Blick war weg, dieser Blick, der zu sagen schien: »Bleibt mir vom Leibe.«

Mick grinste ihn an und erklärte lachend. »Du kannst dir deine Entschuldigung sonst wohin stecken. Ich habe eine Ewigkeit darauf gewartet, dass du das zu mir sagst, und jetzt meinst du plötzlich, du müsstest nett zu mir sein, bloß weil ich dir das Leben gerettet habe.«

19. Kapitel

Der Tag des Wettbewerbs war gekommen. Joey wurde schon früh wach. Er beobachtete, wie die ersten Streifen Tageslicht sich in sein Zimmer stahlen. Ein Blick auf die Uhr bestätigte ihm, dass es noch viel zu früh zum Aufstehen war. Er dachte an die vergangenen zwei Monate zurück. Seit dem Tag, an dem er zusammengeschlagen worden war, hatte sich viel verändert.

Plötzlich hatten alle wieder mit ihm geredet. Sein Vater hatte Wort gehalten und sich nicht mehr in sein Leben eingemischt. Umso erfreuter war er gewesen, als Joe ihm erzählt hatte, dass er einen Teilzeitjob gefunden hatte. Er arbeitete jetzt als Barkeeper im *Coach House*. Wenigstens, hatte sein Vater gesagt, sei er jetzt auf dem Weg dazu, etwas selbstständiger zu werden. Wenn er enttäuscht über die Art der Arbeit war, für die sich sein Sohn entschieden hatte, dann behielt er es jedenfalls für sich.

Mick bekam seinen Platz am College und Joe hatte ein Grinsen nicht verkneifen können, als sein Freund ihm und seinem Vater davon erzählt hatte. Mr. Boland hatte Mick mit einem tapferen Lächeln gratuliert und seinem Sohn dabei einen viel sagenden Blick zugeworfen. Aber Joe hatte einfach so getan, als merkte er nichts.

Irene und Joe kamen nun gut miteinander aus. Er machte ihr das Leben nicht mehr unnötig schwer. Gelegentlich lächelte er sie sogar an. Aber er ließ es niemals wirklich zu, dass er ihre Gesellschaft genoss. Das hatte er zu tun beschlossen, bis er sich über gewisse Dinge im Klaren war.

»Joe!« Dees Stimme riss ihn aus seinen Gedanken. »Ich gehe jetzt. Bis heute Abend. Viel Glück!«

»Ja, viel Glück, Kleiner.« Chris steckte ebenfalls ihren Kopf zur Tür herein. »Ich kann's kaum erwarten, euch heute Abend auf der Bühne zu sehen.«

»Ja, danke«, antwortete Joey verschlafen und kroch aus dem Bett. Vor ihm lag ein anstrengender Tag. Trev wollte, dass sie um halb drei vor dem Konzertsaal waren. Sie konnten mit dem Auto seines Vaters fahren. Für drei Uhr war eine technische Probe angesetzt.

Joey packte hastig sein Bühnenoutfit zusammen, ehe sein Vater es zu Gesicht bekam. Mr. Boland war nämlich fest davon überzeugt, dass Joe eine unsägliche Hose tragen würde, die Dee in seinem Auftrag für ihn gekauft hatte. Joe hatte ihm verschwiegen, dass alle Bandmitglieder Jeans tragen würden. Er glaubte nicht, dass sein Vater dafür Verständnis gehabt hätte.

Als er alles beisammen hatte, ging er nach unten, um zu frühstücken. Sein Vater saß in der Küche. »Tee?«, fragte er und Joey nickte.

»Heute ist der große Tag, was?«

Joey nickte.

»Aufgeregt?«

»Bis jetzt noch nicht. Dafür macht Trev uns schon seit Tagen verrückt.« Er schüttete sich ein paar Cornflakes in eine Schüssel.

»Wie geht's der Kleinen?« Damit war Ann gemeint.

Seit sie damals in der Disko Alarm geschlagen hatte, nachdem Joe nicht wieder zurückgekommen war, hatte sie bei Mr. Boland eindeutig einen Stein im Brett.

»Gut«, sagte Joey mit vollem Mund. »Sie hat einfach eine klasse Stimme! Wir sind heute Abend als Vierte dran. Wir spielen direkt vor der Pause.«

Mr. Boland ging zur Küchentheke und griff nach einem Paar blauer Hosen, das darauf lag. Er streckte Joey die Hose hin. »Dee hat sie heute Morgen für dich gebügelt. Vergiss nicht, sie mitzunehmen.«

»Danke«, sagte Joe und unterdrückte ein Grinsen.

»Irene hat sich für heute Abend ein neues Kostüm gekauft«, erklärte Mr. Boland. »Man könnte meinen, *sie* wäre heute Abend im Fernsehen.«

»Ist wohl ihre letzte große Aufgabe vor eurem großen Tag, was?«

Mr. Bolands Herz machte einen Satz. Am liebsten wäre er seinem Sohn um den Hals gefallen. Es war das erste Mal, dass Joe die Hochzeit erwähnte.

»Ja, sie genießt ihre Freiheit in vollen Zügen. Nächstes Jahr wird sie schon eine verheiratete Frau sein.«

Joey rührte nachdenklich in seiner Teetasse. »Wann genau?«, fragte er leise. Sein Lächeln war verschwunden.

»Im Juli«, antwortete Mr. Boland sanft.

Sie schwiegen. Dann räusperte sich Mr. Boland und sagte zögernd: »Wo wir gerade dabei sind, Joe – Irene und ich haben uns gefragt, ob du … ob du wohl mein Trauzeuge sein würdest.«

»Hä?«

»Ja, du hast schon richtig gehört.« Mr. Boland blickte auf Joes gesenkten Kopf. Er wünschte, er könnte jetzt den Gesichtsausdruck seines Sohnes erkennen. Er war froh, dass er Joe endlich gefragt hatte. Jetzt war ihm bedeutend leichter ums Herz. Irene hatte ihm deswegen schon seit Wochen in den Ohren gelegen.

»Dein Trauzeuge?« Joey blickte seinen Vater ernst an.

»Du musst dich nicht sofort entscheiden, Joe. Wenn du es nicht tun willst, haben wir dafür vollstes Verständnis. Lass es mich wissen, sobald du dich entschieden hast.«

»Ja. Klar, Dad.«

Sein Vater nahm seinen Mantel vom Stuhl. »Ich muss jetzt gehen. Viel Glück heute Abend, Joe. Wir sehen uns dann hinterher.«

Dann ging er aus der Küche und ließ Joey allein im Haus zurück. Ihm war ein bisschen schwindlig – Trauzeuge seines Vaters! Was sollte er bloß machen?

Ann war völlig aufgelöst, als Mick und Joey sie endlich abholten. »Wir sind viel zu spät dran!«, jammerte sie.

»Das ist ganz allein seine Schuld!« Mick zeigte wütend auf Joe, der seinerseits Ann anstrahlte und meinte: »Dieser Typ macht mich noch wahnsinnig. Er meckert schon die ganze Zeit wie ein alter Opa an mir herum.«

Ann unterdrückte mühsam ein Lächeln. Joe dachte

immer, er müsste einen nur charmant anlachen und schon wäre alles wieder vergessen. »Trev wird einen Anfall kriegen«, sagte sie. »Bei der Probe gestern Abend war er schon schlimm genug drauf.«

»Genau!« Mick warf Joey einen viel sagenden Blick zu, doch der tat völlig gelassen.

»Wir sagen ihm einfach, dass mein Bein wehgetan hat und ich den ganzen Weg humpeln musste.«

Ann lachte laut los. »Oh, Joe, du bist unmöglich. Über so was macht man keine Witze!« Sie zog sich die Kapuze ihrer Jacke herunter. »Ich war übrigens beim Friseur. Gefällt's euch?«

Mick blickte sie verblüfft an. Ann sah total verändert aus. Sie hatte sich einen kurzen Bubikopf schneiden lassen und die Frisur stand ihr wirklich gut.

»Sieht nett aus«, sagte Joey und fügte verschmitzt hinzu: »Selbst geschnitten?«

Ann versetzte ihm einen Stoß und Joey meinte zu Mick gewandt: »Du hattest Recht, Mick. Sie macht tatsächlich Bodybuilding.«

Mick verfolgte belustigt, wie sich die beiden gegenseitig aufzogen. Ich könnte genauso gut nicht hier sein, dachte er. Von mir nimmt überhaupt keiner Notiz.

»Ein spannender Wettkampf zwischen den acht viel versprechendsten Bands Irlands erwartet uns heute Abend«, las Domo aus dem *Irish Independent* vor, während sie zum *Point Depot* rasten. »Die acht Bands wurden aus insgesamt eintausendfünfhundert Bewerbern ausgewählt. Eine Kurzbeschreibung der Musikgruppen finden Sie auf Seite acht.«

Domo blätterte aufgeregt in der Tageszeitung. »Da sind wir ja«, rief er. »*Livewire*: eine fünfköpfige Band einschließlich einer Leadsängerin.«

»Ist das alles?«, fragte Mick enttäuscht.

»Hmm«, machte Domo. »Was sollen sie auch sonst noch schreiben? Wir sind schließlich nicht gerade weltberühmt.«

»Lies mal vor, wer die anderen Band sind«, befahl Trev vom Fahrersitz aus.

»Ähm, *The Mavericks, High Treason, Pieces of Eight, Shuttleforce, Manchua, The Glow Worms* und *Washington DC.*«

»*Washington DC*«, stöhnte Joey. »Von denen habe ich schon gehört. Die sind verdammt gut. Sie treten regelmäßig im *Garda Club* auf.«

»Hmm, die kenne ich auch«, meinte Domo. »Ihre Gitarristin sieht verflucht gut aus.«

»Typisch Domo«, sagte Trev verächtlich. »Wir unterhalten uns über Musik und du hast nur die Leadgitarristin im Kopf.«

»Bass.«

»Was?«

»Sie spielt die Bassgitarre, Trev.«

»Kennt irgendjemand von euch noch eine von den anderen Bands?« Trev beschloss Domo einfach zu ignorieren. Er ging ihm heute ziemlich auf die Nerven.

»Das ist also unsere Garderobe …« Ann blickte sich um. Sie war froh, dass es wenigstens einen kleinen Nebenraum gab, in dem sie sich umziehen konnte. Sie hatte wirklich keine Lust, vor vier Typen die Hüllen fallen zu lassen.

Trev öffnete einen Wandschrank. »Wir können hier unsere Sachen reinhängen. Hier sind auch Bügel und so was.«

Es klopfte an der Tür und eine Frau mit einem Clipboard in der Hand trat ein. »*Livewire?*«

Sie nickten. Die Frau lächelte. »Ich möchte euch nur kurz sagen, wie euer Zeitplan für heute aussieht. Erstens: Eure technische Probe wurde von drei auf vier Uhr verschoben. Die Zeit danach steht euch zur freien Verfügung. Um sieben müsst ihr dann alle wieder hier sein für die Maske. Da ihr als Vierte an der Reihe seid, werdet ihr wohl gegen Viertel nach neun auftreten. Bitte versucht nicht länger als fünfzehn Minuten zu spielen. Ach, und da drüben steht übrigens ein Fernseher.« Sie deutete auf ein tragbares Fernsehgerät auf einem kleinen Tisch. »Wenn ihr wollt, könnt ihr euch damit die anderen Bands ansehen.« Dann lächelte sie ihnen noch einmal zu. »Viel Glück!«

Als sie weg war, sagte keiner ein Wort. Ann spürte, wie ihr das Frühstück langsam wieder hochkam.

Nach der technischen Probe waren sie gemeinsam zu *Supermacs* essen gegangen. Um halb acht war die Spannung dann so groß, dass es kaum noch auszuhalten war. Ann erklärte leise, ihr sei schlecht.

»Keine Bange. Da du heute Nachmittag nichts gegessen hast, kannst du ja auch nichts auskotzen«, lautete Domos Kommentar dazu.

»Verdammt noch mal, Domo. Was redest du da für einen Mist!«, schnaubte Trev.

»Immer mit der Ruhe«, sagte Mick beschwichtigend. »Er macht doch nur Spaß.«

»Zu schade, dass er kein bisschen nervös ist«, brummte der Chef der Band. »Ich bin's jedenfalls, wenn ich daran denke, wie er spielt.«

Domo lachte laut los. »Es reicht ja auch, wenn *einer* sich Sorgen darüber macht.«

Trev grinste. »Tut mir Leid. Du weißt ja, wie ich vor solchen Auftritten immer drauf bin.«

»Ja, ruhig und gelassen«, meinte Joey spöttisch.

»Genau wie du auch«, antwortete Trev und streifte sich sein Jeanshemd über.

Ann meldete sich aus dem Nebenzimmer. »Kann ich jetzt rauskommen? Ich bin fertig.«

»Wenn du mal was Aufregendes sehen willst, dann komm jetzt«, rief Joey.

»Warum?« Ann klang misstrauisch.

»Hör nicht auf ihn«, sagte Mick. »Er macht nur Blödsinn.«

Sie hatte ein pfirsichfarbenes Bodyoberteil, ein Jeanshemd und zerrissene Jeans an.

»Hey, du siehst gut aus«, meinte Trev anerkennend. »Das steht dir echt klasse.«

»Alles, was nicht bunt gemustert ist, steht dir«, erklärte Joey lachend.

Dann kam die Maskenbildnerin zu ihnen und schminkte sie rasch. »Das ist wegen dem Licht«, erklärte sie den vier Jungs, die unwillig das Gesicht verzogen. »Wenn ich euch nicht schminke, werdet ihr aussehen wie Leichen.«

Nachdem sie wieder weg war, schwiegen alle betreten. Ann fühlte sich trotz ihres Make-ups schrecklich blass. Joey setzte sich in eine Ecke und begann seine Gitarre zu stimmen.

Schließlich brach Mick das Schweigen. »Also, Leute. Ich wollte euch bloß sagen, dass ihr alle großartig ausseht.«

»Ich finde auch, dass ich wundervoll aussehe«, antwortete Joey und strich sich über das Haar.

Trev begann zu singen: »If My Friends Could See Me Now.«

20. Kapitel

»Ihre Eintrittskarten, bitte«, sagte der Türsteher. Mr. Boland zückte die sechs Tickets. »Danke, Sir. Bitte folgen Sie mir.«

Pete Boland, Irene, Chris und ihr Freund Gerry, Dee und ihr Freund Tom wurden zu ihren Plätzen geführt. Es war halb acht und der Saal füllte sich allmählich. Als Micks Mutter ein paar Sitzreihen vor ihnen sie entdeckte, kam sie zu ihnen nach hinten, um sie zu begrüßen. Rund zehn Minuten später verkündete eine

Stimme: »Meine Damen und Herren, bitte nehmen Sie jetzt Ihre Plätze ein. Mr. Fanning wird in Kürze auf die Bühne kommen.«

»Wer ist das denn?«, brummte Pete Boland.

»Dave Fanning, Dad. Er hat *U2* entdeckt. Wenn sich jemand mit Musik auskennt, dann er!« Chris war entsetzt über die Unwissenheit ihres Vaters.

»Was du nicht sagst.« Pete Boland war kein bisschen beeindruckt. Er hatte eigentlich damit gerechnet, dass ein bekannter Showmaster durchs Programm führen würde.

Chris grinste Irene an, die sich mühsam das Lachen verbiss.

Die Leute eilten zu ihren Sitzplätzen und rund fünf Minuten später betrat Dave Fanning die Bühne.

»Hallo, Leute!«, sagte er mit seinem flachen Dubliner Akzent. Er wartete, bis der Applaus verebbt war, und beugte sich dann zum Mikrofon vor. »In ungefähr zehn Minuten sind wir auf Sendung. Aber vorher möchte ich Sie noch um etwas bitten. Vergessen Sie nicht, dass es sich um eine Livesendung handelt, und belohnen Sie alle Bands nach ihrem Auftritt mit einem kräftigen Applaus. Sie haben alle schon Phantastisches geleistet, um überhaupt bis ins Finale zu kommen.«

»Juhuu!«, rief jemand und einige Zuschauer lachten.

»Zweitens möchte ich Sie darum bitten, während der Auftritte Ihre Plätze nicht zu verlassen. Das könnte die Bands auf der Bühne ablenken. Um zwanzig Uhr fünfzig und um einundzwanzig Uhr dreißig wird es je eine kleine Pause geben, in der Sie kurz rausgehen können, wenn Sie möchten. Ich danke Ihnen für Ihr Verständnis. Bis gleich.« Die Zuschauer klatschten und er ging wieder von der Bühne.

»Furchtbare Stimme«, murmelte Mr. Boland, immer noch unbeeindruckt.

Hinten in der Garderobe lagen die Nerven blank, besonders die von Domo. Bis eben war er noch die Ruhe in Person gewesen, aber seit er die gedämpfte Stimme von Dave Fanning und den Applaus gehört hatte, stand er völlig neben sich.

»Wie viele Leute passen denn überhaupt in den Saal?«, fragte er.

Die anderen zuckten mit den Schultern. Sie brachten kein Wort heraus vor lauter Lampenfieber.

Sie hatten einstimmig beschlossen, sich lediglich die Begrüßung des Wettbewerbs im Fernsehen anzusehen und dann wieder abzuschalten. Sie wollten sich auf keinen Fall irgendeine der Bands ansehen, ehe sie nicht selbst auf der Bühne gestanden hatten.

Trev ging an das Fernsehgerät und schaltete es ein. Sie hielten gespannt den Atem an. »Und jetzt schalten wir live zu jenem Wettbewerb, von dem im Moment jeder spricht: zum Preis für die Newcomerband des Jahres!«

Donnernder Applaus. Fanning grinste von seinem Rednerpult auf der linken Bühnenseite in die Kamera. Hinter ihm königsblaue Vorhänge. Drei Viertel der irischen Bevölkerung saß jetzt vor dem Fernseher. Die Einschaltquote würde bestimmt bombastisch werden.

Dave Fanning hieß die Zuschauer im Konzertsaal herzlich willkommen. Er versprach ihnen einen unterhaltsamen Abend und stellte dann die Jurymitglieder vor. »Der Preis wird von *Murphy's Meats* gesponsert, einer Firma, die, wie wir alle wissen, künstlerisch engagierte Jugendliche fördern will. Besser hätte sie ihr Geld kaum einsetzen können!«

Das Publikum stampfte mit den Füßen und jubelte begeistert.

»Vorsitzender ist Mr. Colm Murphy von *Murphy's Meat.*«

Colm erhob sich unter donnerndem Applaus und verbeugte sich.

Die anderen Jurymitglieder waren Mary Black, Paul McGuiness, Pat Egan – ein Werbeleiter – und Bono von *U2*. Allein seine Präsenz war zu einem großen Teil für das enorme Interesse an diesem Wettbewerb verantwortlich.

»Dann wollen wir mal zur Sache kommen.« Dave Fanning blickte auf seine Notizen, während der Applaus verebbte. »Die erste Band nennt sich *Washington DC* und es ist kein Zufall, dass sie so heißt ...«

Ann hatte sich übergeben. »Alles in Ordnung«, sagte sie und lächelte den vier besorgten Jungs matt zu. »Jetzt geht es mir wieder besser. Das sind nur die Nerven, ehrlich.«

Joey zog ihr einen Stuhl heran. »Ich kann ja für dich singen, wenn du willst«, meinte er grinsend.

»Dann hätten wir wohl kaum noch Chancen«, erwiderte sie lächelnd. Sie betrachtete ihr blasses Gesicht im Spiegel. »Oh, Gott, ich sehe ja furchtbar aus! Hat jemand von euch einen Kamm für mich?« Sie fuhr sich mit den Händen durchs Haar.

»Du siehst großartig aus«, sagte Joey. »Lass dein Haar, wie es ist. Es sieht gut aus.« Ann sah zu ihm auf und er nickte ihr aufmunternd zu. »Ganz ehrlich.«

Jemand klopfte an die Tür und ein Mann trat ein. »*Livewire*?«

Sie nickten.

»Nehmt eure Instrumente mit und folgt mir.«

Joey und Trev schnappten sich ihre Gitarren. Domos Schlagzeug und Micks Keyboard waren bereits hinter der Bühne. Trev legte Ann die Hand auf die Schulter. »Keine Angst, Ann. Du machst das schon.« Sie lächelte schwach.

Die Leute von *Shuttleforce* kamen gerade von der Bühne. Sie zischten ihnen im Vorbeigehen ein »Viel Glück« zu, was Ann sehr nett fand. Leise machten sich die Bühnentechniker an den Aufbau des Equipments.

»Jetzt kommen sie!« Dee grub aufgeregt ihre Fingernägel in Toms Arm.

»Und jetzt kommen wir zur letzten Band vor der großen Pause. Sie sind noch relativ neu in der Szene. Ihre Leadsängerin haben sie erst seit Anfang des Jahres ...«

Pete Boland schluckte. »Oh, Gott, Irene. Was ist, wenn er jetzt seine Gitarre fallen lässt oder sie ihre Texte vergessen haben oder …«

»Psssst«, zischte Irene. »Stell dir nur mal vor, wie sie sich jetzt fühlen müssen.«

Der Vorhang ging auf und die Bühne war auf einmal in völlige Dunkelheit getaucht …

Ann hatte schreckliche Angst, dass ihr die Stimme versagen würde. Aber kaum hatte Mick die ersten Takte von »Do You Remember« angestimmt, spürte sie, wie sie sich langsam entspannte. Dieses Lied mochte sie von allen drei neuen am liebsten, weil es so wunderschön poetisch war. Unterstützt von Mick und Joey begann sie leise zu singen, dann schwoll ihre Stimme wieder weiter an, bis sie schließlich den ganzen Saal füllte.

»*Sometimes when I'm sad and need*
a place to hide,
Sometimes when I'm lonely an' life's
a bumpy ride.
I close my eyes an' think of you
an' everythin' that's fresh an' new
Comes rushin' to my mind.«

Gemeinsam sangen Mick und Ann weiter:

»*Do you remember what you said to me?*
Do you remember what you said that day?
Do you remember what you said to me?

Before you went away – I love you, I love you,
I love you forever – before you went away.
Before you went away.«

Anns Stimme war einfach umwerfend.

»*Sometimes in the night time,*
When I'm feelin' really low,
I hear your voice on the breeze,
Melodious and slow, saying:
Do you see the stars as they light the earth so bright,
Don't you know it's just my way of sayin' to you goodnight.«

Die Zuschauer lauschten gebannt.

»… *You made this world a crazy poem.*
An' me its humble scribe.
But it can never compare to you
No matter how it tries …«

Das Lied endete, aber die Band hatte den Auftritt so arrangiert, dass sie nahtlos von einem Song zum andern überging, ohne mit dem Spielen aufzuhören. Allmählich begann Ann den Auftritt zu genießen und die Jungs atmeten erleichtert auf. Sie hatten wirklich ziemlich Angst gekriegt, als sie sich übergeben hatte. Das zweite Lied begann.

»Tolles Lied«, sagte Irene voller Bewunderung. »Wer hat es geschrieben?«

»Mick, soweit ich weiß«, flüsterte Mr. Boland. Er war hin- und hergerissen zwischen Wut und Stolz. Als er den Aufzug der Band gesehen hatte, war ihm fast das Herz stehen geblieben. Er durfte gar nicht daran denken, dass Joe in zerrissenen Jeans ins Fernsehen kam. Kaum hatte jedoch die Musik begonnen, war er vor Stolz fast geplatzt. Joe war wirklich gut – sie waren alle gut. Er strahlte übers ganze Gesicht und Dee und Irene zwinkerten sich lächelnd zu. Dees Freund Tom war auch begeistert. Er war schon auf das dritte Lied gespannt. Bisher hatten die Bands immer den besten Song zum Schluss gebracht.

Das Licht wurde schwächer und die Musik des zweiten Liedes klang langsam aus. Eine Sekunde lang herrschte völlige Stille. Domo schluckte. Er durfte auf keinen Fall seinen Einsatz verpasssen.

Anns Stimme durchbrach die Stille. »*In Xanadu did Kubla Khan … down to a sunless sea.*«

Domo setzte mit dem Schlagzeug ein: ein langsamer, bedrohlicher Rhythmus. Er seufzte erleichtert auf. Alles hatte perfekt geklappt.

Domos Schlagzeug wurde immer lauter, während Ann weitersang. Dann setzte Joeys Gitarre ein und das Schlagzeug und Anns Stimme verebbten.

Joey war in grelles Scheinwerferlicht getaucht und begann den Kampf, von dem das Lied erzählte, auf seiner Gitarre zu simulieren. Seine Finger waren wie Blitze und wie sein Vorbild Mark Knoffler ließ er die Gitarre sprechen. Schließlich wurde er wieder leiser und Anns Stimme übernahm wieder die Führung.

»Das war verdammt gut!«, erklärte Gerry und erhob sich als Einziger laut klatschend. Chris zog ihn wieder auf seinen Sitzplatz zurück und kicherte über die verwunderten Blicke der anderen Leute.

Tom meinte: »War ja nicht halb so schlimm, wie ich dachte«, und Dee lächelte selig. Sie war total hin und weg. Am liebsten hätte sie den ganzen Auftritt noch einmal von vorn gesehen, obwohl sie gleichzeitig froh war, dass es vorbei war.

Micks Eltern gingen an ihnen vorbei. »Sie waren großartig, nicht wahr?«, sagte Micks Vater stolz.

»Ja, das kann man wohl sagen.« Pete Boland strahlte übers ganze Gesicht. Joe hatte hervorragend Gitarre gespielt. Vorhin hatte er plötzlich das Gefühl gehabt, Marie zuzusehen. Sie hatte mit genau der gleichen Hingabe Klavier gespielt und jetzt lebte ihr Talent in Joe fort. Er war großartig. Einfach großartig!

Tränen traten ihm in die Augen und Irene tastete nach seiner Hand und drückte sie.

»Trinken Sie etwas mit uns?«, fragte Micks Mutter und alle nickten begeistert. Das konnten sie jetzt wirklich gebrauchen!

Trev hob Ann hoch und wirbelte sie durch die Luft. Sie trommelte ihm lachend auf die Schultern. »Oh, Trev, hör auf. Mir wird schwindlig.«

»Du warst genial!«, jubelte er. »Nicht wahr, Jungs? War sie nicht genial?«

»Wir waren alle genial«, erklärte Ann, nachdem er sie wieder abgesetzt hatte. Sie blickte lachend in Domos Richtung. »Du hast deinen Einsatz perfekt erwischt.«

»Ich weiß, ich weiß.«

»Ich habe gehört, wie jemand geklatscht hat, als Joe mit dem Gitarrensolo fertig war«, sagte Mick.

»Ich glaube, bei uns haben sie am lautesten von allen applaudiert«, erklärte Joey.

»Kunststück, auf der Bühne klingt der Applaus immer lauter als dahinter« meinte Ann kichernd.

Joey schubste sie lachend von ihrem Stuhl herunter. »Du Spielverderberin«, sagte er liebevoll.

Sie boxte ihn in die Seite. Lachend wich er ihr aus.

»Könnt ihr zwei nicht einmal Ruhe geben?«, meinte Trev, während Joey Ann am Nacken packte, bis sie um Gnade winselte. »Joe, lass sie sofort los!«

»Mit Vergnügen.« Er blickte in ihr lachendes Gesicht und sein Herz machte einen Satz. Ann drehte sich von ihm weg und vertiefte sich mit Trev in eine angeregte Analyse ihres Auftritts, aber Joe konnte den Blick einfach nicht von ihr abwenden. Ihm ging es schon lange so und er fragte sich, ob es ihr ähnlich erging.

»Gleich kommt der zweite Teil«, verkündete Mick einige Minuten später. »Soll ich den Fernseher anmachen?«

Die letzte Band. Dave Fanning stellte *Manchua* vor. Die Mitglieder der Soulband waren alle in Schwarz und Weiß gekleidet. Ihre Musik hätte aus einer heruntergekommenen Bar stammen können, wäre da nicht der exzellente Leadsänger gewesen. Er hatte das Publikum bei jedem Song völlig in der Hand. Die Mitglieder von *Livewire* waren geschockt. *Manchua* war hervorragend! Das Niveau war zwar allgemein sehr hoch gewesen, aber diese letzte Band war einfach umwerfend, oder besser gesagt, der Sänger war einfach umwerfend.

Am Ende des Auftritts herrschte bedrücktes Schweigen in der Garderobe. »Wir müssen einfach abwarten, was der Jury am besten gefällt«, lautete Trevs lapidares Urteil.

Draußen im Zuschauerraum wurde kräftig spekuliert. Gerry tippte auf Joes Band als Gewinner, aber Chris war sich da nicht so sicher. »Wenn du mich fragst, kommen drei Bands dafür in Frage: die erste, die letzte und Joes Band.«

»Die Armen werden furchtbar enttäuscht sein, wenn sie nicht gewinnen«, sagte Irene.

Pete nickte. »Ja, das wird ganz schön eng. Die letzte Band war wirklich gut.«

»Mir hat *Shuttleforce* auch gut gefallen«, verkündete Dee. »Der Geiger war doch irre.« Sie blickte zu Tom auf, der mit Getränken für alle zurückkam.

Während er sie verteilte, meinte er: »Die Leute in der Bar meinen, dass die Entscheidung zwischen Joes Band und der letzten Gruppe fällt.«

»Ist das dein Ernst?«, kreischte Chris hysterisch. »Oh, Gott, stellt euch nur mal vor, Joes Band gewinnt tatsächlich! Dann bin ich die Schwester eines Popstars!«

Die anderen lachten amüsiert und Gerry sagte: »Ja, und dann wirst du als Vorzeigeschwester von Joe Boland berühmt.«

Chris verzog das Gesicht. »Ich glaube nicht, dass mir das so gut gefallen würde.«

»Sehr verehrte Damen und Herren, ich möchte Sie bitten, zu Ihren Sitzplätzen zurückzukehren. In rund fünf Minuten gehen wir wieder auf Sendung«, verkündete ein Saalsprecher.

»Oh, Gott.« Chris war ganz schlecht. Sie griff nach Gerrys Arm und drückte ihn.

Micks Mutter und Cathy drehten sich mit erhobenem Daumen zu ihnen herum. Dee grinste.

Im Saal erklang Musik. Der Schriftzug *Band des Jahres* erschien auf den Bildschirmen im ganzen Land.

Dave Fanning stand vor dem blauen Vorhang im Scheinwerferlicht. Er trug jetzt einen Anzug. »Meine sehr verehrten Damen und Herren«, begann er. »Ich freue mich, Ihnen sagen zu können, dass die Jury ihre Entscheidung gefällt hat. Das Ergebnis wird uns der Vorsitzende Mr. Colm Murphy mitteilen.«

Applaus und dann absolute Stille, als der Vorsitzende zu sprechen begann. »Es tut mir Leid, Sie so lange auf die Folter spannen zu müssen, aber bevor ich die Gewinner verkünde, fühle ich mich noch dazu verpflichtet, einigen Personen zu danken. Bitte haben Sie also noch einen Moment Geduld.«

Trev stöhnte. »Ich halte das nicht mehr aus. Ich weiß gar nicht, ob ich das Ergebnis überhaupt wissen will. Jetzt haben wir wenigstens noch Hoffnung. Wenn wir verlieren, flippe ich garantiert aus.«

Joey war ausnahmsweise einmal seiner Meinung. »Wenigstens hatten wir unseren Spaß beim Auftritt«, versuchte er die anderen zu trösten.

»Na toll«, sagte Mick. »Wenn wir verlieren, geb ich mir die Kugel.«

»Und jetzt zu unserer Entscheidung«, erklärte der Juryvorsitzende, während die Zuschauer den Atem anhielten. »Wir brauchen Ihnen kaum zu sagen, dass uns die Wahl nicht leicht gefallen ist. Wir haben die Bands nach mehreren Kriterien beurteilt: Liedtexte, musikalisches Können, Unterhaltungswert und Sänger beziehungsweise Sängerin. Eine Band hat in diesen Punkten besser abgeschnitten als alle anderen. Ich weiß, dass jetzt acht Musikgruppen gespannt vor den Bildschirmen sitzen und sieben enttäuscht nach Hause gehen werden, aber dazu besteht kein Grund. Alle Bands, die heute Abend hier teilgenommen haben, besitzen ein viel versprechendes Potential.« An dieser Stelle applaudierten alle. Mr. Murphy wartete, bis wieder Ruhe eingekehrt war, ehe er fortfuhr: »Leider können wir nur einen Preis vergeben. Die Gewinnerband erhält einen Geldpreis und einen Plattenvertrag. Denn Murphy's Meats unterstützt, wie Sie alle wissen, nur die Besten.« Wieder Applaus. »Jetzt will ich aber Ihre Geduld nicht länger strapazieren und freue mich, Ihnen mitteilen zu dürfen, dass der Preis für die Band des Jahres, zusammen mit einem Plattenvertrag und einem Scheck über dreitausend Pfund an niemand anders als *Livewire* geht!«

Gerry und Chris flippten total aus. Sie kreischten und fielen sich um den Hals. Irene umarmte Pete. Dee begann wie wahnsinnig zu schreien und Tom blickte sie lachend an. Micks Eltern trampelten wie Teenies mit den Füßen und Cathy brach in Tränen aus.

Im Blitzlichtgewitter der Journalisten betrat *Livewire* die Bühne. Zuerst Ann, gefolgt von Joey und Mick, und schließlich Trev und Domo. Sie waren völlig aus dem Häuschen. Colm Murphy schüttelte ihnen die Hand und überreichte ihnen den Preis. Auch Dave Fanning gratulierte ihnen. Joe traute seinen Ohren kaum, als der Gastgeber des Abends sich zu ihnen vorbeugte und sagte: »Ich habe auf euch getippt, Jungs.«

Dave überreichte Ann das Mikrofon. Alle verstummten gespannt. Ann stand schüchtern auf der Bühne, die sie vor kurzem noch mit ihrer Singstimme beherrscht hatte.

Sie räusperte sich, blickte die anderen an und sagte: »Als Erstes möchte ich der Jury danken, dass sie sich für uns entschieden hat, und ihr zu ihrem exzellenten Geschmack gratulieren.« Das Publikum lachte. »Einer Person möchte ich aber ganz besonders danken und ich bin mir sicher, dass die anderen Bandmitglieder meiner Meinung sind. Wir wären niemals so weit gekommen, wenn wir nicht solche großartige Musik und Texte gehabt hätten. Deshalb möchte ich unserem Gitarristen Joe dafür danken, dass er so gute Songs für uns geschrieben hat.«

Joey grinste, als sie auf ihn deutete. Er wünschte, dieser Moment würde nie mehr aufhören.

Mr. Boland rang nach Luft. Joe hatte diese Lieder geschrieben! Dabei hätte er schwören können ...

Das Publikum forderte lautstark eine Zugabe. Die Instrumente standen fertig aufgebaut auf der Bühne und warteten auf ihren Einsatz. Während der Abspann einsetzte, begann *Livewire* im gleißenden Licht der Scheinwerfer zu spielen. Die Menge tobte und die fünf Musiker spürten, dass ihr Leben nie mehr so sein würde wie zuvor.

21. Kapitel

Endlich ließen die Reporter wieder von ihnen ab.

Die fünf atmeten erleichtert auf und begannen ihre Ausrüstung zusammenzupacken und sich für die Diskoveranstaltung, die der Radiosender *2FM* im *RDS* abhielt, umzuziehen. Ihre Familien würden sie dort erwarten.

»Habt ihr schon gehört? Wir werden in einer Limousine hingefahren!« Domo war schwer beeindruckt.

»Das haben wir uns ja auch verdient«, meinte Joey lachend. »Immerhin sind wir jetzt Fernsehstars.«

Seine Freunde bewarfen ihn johlend mit ihren verschwitzten Socken.

Ann entschuldigte sich und zog sich zum Umziehen zurück.

Die Jungs waren lange vor Ann fertig und Joey erklärte, dass sie ruhig vorgehen könnten und er auf sie warten würde.

»Los, trau dich!« Mick stieß ihm den Ellbogen in die Rippen und Joey blickten ihn finster an.

»Ja, ran an den Speck, Joe«, zischte Trev im Vorbeigehen.

»Ich weiß gar nicht, wovon ihr redet«, meinte Joey mit gespielter Verwunderung. Er schlug die Tür hinter den anderen zu, ließ sich auf einen Stuhl fallen und wartete mit hochgelegten Beinen auf Ann.

»Hi, ich bin fertig.«

Joey zuckte überrascht zusammen und blickte auf. Ann trug ein schwarzes Kleid und sah wirklich klasse aus. Sie hatte sich sogar von ihren heiß geliebten Docs getrennt und trug stattdessen schwarze Schuhe. »Du siehst phantastisch aus«, sagte Joey so lässig wie möglich.

»Du siehst auch nicht schlecht aus.« Ann öffnete die Tür. »Kommst du?«

Joey sprang von seinem Stuhl auf und folgte ihr zum Auto. Er wusste nicht, wie er anfangen sollte. Schließlich sagte er einfach: »Findest du mich eigentlich immer noch sexy?«

Ann blickte ihn überrascht an. Sie konnte sich überhaupt nicht mehr an die Details jenes denkwürdigen Auftritts erinnern. »Wie bitte?«

Joey lächelte verlegen und änderte seine Taktik.

»Hältst du heute Abend die langsamen Tänze für mich frei?«

Ann drehte sich zu ihm um und musterte ihn kritisch. »Mal sehen«, sagte sie. »Vielleicht schaffe ich es ja, dich irgendwo dazwischenzuquetschen. Aber du weißt ja, wie das ist, wenn man so berühmt ist. Die Männer werden bei mir Schlange stehen.« Sie lachte und warf den Kopf in den Nacken.

Mist, dachte er. Das habe ich jetzt davon, dass ich immer über alles Witze reiße. Jetzt denkt sie natürlich, ich mache nur Spaß. »Hey, Ann. Ich mein das ganz ernst«, sagte er.

Sie lachte wieder. »Als wir das letzte Mal zusammen getanzt haben, hat das nicht gerade ein gutes Ende genommen.«

Er grinste. »Ich verspreche dir, dass ich mich dieses Mal nicht verprügeln lasse. Wirst du mit mir tanzen, Ann?«

»Okay«, sagte sie ein wenig ungeduldig. »Wo ist der Joke? Was ist der Witz an der Sache? Willst du mir einen Gefallen tun, weil sich sonst keiner für mich interessiert? Komm schon, Joe, raus damit.«

Heilige Mutter Gottes, ist dieses Mädchen schwer von Begriff!, dachte Joey verzweifelt.

»Joke?«, sagte er und sah sich prüfend um. Dann blickte er ihr geradewegs ins Gesicht. »Der Joke ist, dass ich total verrückt nach dir bin. Ich will nicht, dass irgendein anderer Typ mit dir tanzt. Ich will dich ganz für mich allein haben.«

Anns Herz machte einen Satz. War das wirklich sein

Ernst? Sie schwärmte schon eine ganze Weile für ihn. Trotzdem war sie sich immer noch nicht ganz sicher, ob es nicht doch ein Gag war und er sie auf den Arm nehmen wollte.

»Weißt du was«, sagte sie schließlich. »Wenn es dir wirklich ernst ist, dann fordere mich beim ersten langsamen Lied zum Tanzen auf. Dann weiß ich, dass du es ehrlich meinst.« Mit diesen Worten drehte sie sich um, ging zum Auto und stieg ein.

Die Limousine fuhr am Kulturzentrum vor und die fünf stiegen aus. Sogar einen roten Teppich hatte man für sie ausgerollt, und als sie ausstiegen, klatschten und jubelten die Umstehenden begeistert. Ann erklärte benommen, dass sie sich wirklich wie ein Star vorkomme.

Mick zupfte Joe am Arm. »Hast du Ann gefragt, ob sie mit dir gehen will?«, fragte er. »Wir haben vorhin alle im Auto gewettet, dass du es tust.«

Joey blickte ihn an. »Ich weiß überhaupt nicht, wie ihr auf so einen Schwachsinn kommt.«

»Dann hat sie also Nein gesagt.« Mick grinste.

»Hat sie nicht!«

»Also hast du sie doch gefragt!«

Joey beschloss ihn einfach zu ignorieren. Er fühlte sich ganz schön mies. Jetzt wusste er immer noch nicht, ob Ann mit ihm zusammen sein wollte oder nicht. Der Gedanke, dass jemand anderer ihr Freund sein könnte, war unerträglich. Warum hatte er überhaupt so lange gebraucht, um zu kapieren, dass sie zu sammengehörten? Warum hatte er so lange gewartet? Joe Boland, das Genie – zum Totlachen.

Als sie die Eingangshalle betraten, stürzten ihre Eltern und Geschwister auf sie zu. Micks Mutter fiel Mick und Joe tränenüberströmt um den Hals. »Ihr wart einfach fabelhaft, alle beide!«, rief sie.

Dann stand Joe seinem Vater gegenüber. Einen Moment lang schwiegen beide. Dann streckte Mr. Boland die Hand aus und sagte mit zitternder Stimme: »Du warst großartig, Joe. Wirklich großartig.« Joe ergriff seine Hand und sein Vater zog ihn zu sich heran und umarmte ihn. »Ich bin so stolz auf dich, mein Sohn. Ich bin so stolz auf dich!«

Joey schloss die Augen. Auf diese Worte hatte er so lange gewartet. Sein Vater war stolz auf ihn! Und dann erwiderte er, ohne nachzudenken: »Das trifft sich ja gut. Hast du nicht gesagt, dass jeder Bräutigam stolz auf seinen Trauzeugen sein sollte?«

Sein Vater drückte ihn noch fester an sich und Irene formte mit den Lippen ein stilles »Dankeschön« und lächelte die beiden an.

Dann stürzten sich Chris und Dee auf ihn und Chris rief: »Du bist ein Star!« Ein paar Leute drehten sich verwundert nach ihnen um und lachten.

Als Joe sich später mit Gerry unterhielt, hörte er plötzlich die ersten Takte von »Love is All Around«. Er hielt inne. »Tut mir Leid, Gerry, aber ich habe da jemandem etwas versprochen.«

Sein Blick glitt suchend über die Menschenmenge und da war sie – Ann. Er lächelte ihr zu und deutete auf die Tanzfläche. »Willst du mit mir tanzen?«

Als sie zurücklächelte, wurden ihm die Knie ganz weich. Anns Augen leuchteten und sie sah wunderschön aus.

WER BEI DEN TUNNELKIDS GELANDET IST, DER IST SO GUT WIE ERLEDIGT, ER WEISS ES NUR NOCH NICHT.

Ein Leben mit dem Finger am Abzug – ein spannungsgeladener Roman über jugendliche Schicksale an der Grenze zwischen Erster und Dritter Welt.

Werner J. Egli
TUNNELKIDS

ISBN 3-570-12244-1

C. Bertelsmann

CHLOË RAYBAN

MODELS

TEENAGER-TRÄUME FÜR LESER AB 12

Die neue Serie bei OMNIBUS

OMNIBUS Nr. 25000

Wenn der Traum vom Model wahr wird – sind auch Freundschaften nicht mehr das, was sie einmal waren.

Wenn der Traum vom Model wahr wird – ist Schlanksein keine Frage der Gesundheit mehr.

OMNIBUS Nr. 25001

OMNIBUS Nr. 25002

Wenn der Traum vom Model wahr wird – müssen noch größere Träume manchmal warten.

Wenn der Traum vom Model wahr wird – ist alles anders als es scheint.

OMNIBUS Nr. 25003

OMNIBUS

Der Taschenbuchverlag für Kinder und Jugendliche von Bertelsmann